她们

蔼琳 著

侨乡
留守女性
实录

UNATTENDED
WOMEN IN
JIANGMEN

华龄出版社
HUALING PRESS

有 态 度 的 阅 读

小马过河（天津）文化传播有限公司

目 录

第 2 篇　凡俗爱情的明媚忧伤与朴素温暖

第 3 篇　爱的警醒

第1篇

留守女人的悲与欢

导言

江门别称“五邑”，是著名的侨乡，有“中国第一侨乡”的美誉。五邑华侨分布在全世界一百多个国家和地区，人数达四百多万，其中以男性侨胞居多。正是在这一特殊的背景下，我在长期的情感纪实采写过程中发现了这样一个群体，她们有一个共同的名字：留守女人。这些留守女人有的苦熬苦等，等到了夫君学成归来或者在国外事业有成，把在国内的她和孩子接出去，苦尽甘来大团圆；有的望眼欲穿，盼来的却是一纸离婚协议书，欲哭无泪……在我们的身边，这样的留守女人随处可见。她们长年独守空房、独饮寂寞，独自处理生活中大大小小的事情，支撑着国内的家与国外男人的梦想，也独自品味着辛酸与无奈——当然，也有快乐与甜美。平日里，她们看上去与普通女人无任何区别，但如果走近她们，就会发现她们的故事或多或少都有着这样那样的不普通之处。就让我们带着善意的关注，一起走进她们的悲欢人生，借她们的故事，解读人性当中的优美与脆弱。

留守女人故事一：

留守不易，学会与自己愉快地相处

第一次采访杏芸，是三年前——那时，她还是个留守女人。这个面容姣好、笑容明媚的女子，眼里看不到一丝幽怨与落寞。表面看上去，她很文静，但若遇到信任的人，她也很健谈。这个只有初中文化的二十四岁女子，靠婚姻改变了人生与娘家的生活——不难发现，她有着天生的生活智慧与过人的理智。三年后再见，杏芸已是加拿大华侨了，有了一个漂亮的儿子。关于她的故事，我总是想起她说过的那句话——寄生虫，也是有境界的。

困境中，
“灰姑娘”偶遇归国“王子”

我娘家很穷。姐弟四人，我排行老大。山村的空气与水土，让我在十八岁时出落得水灵灵的，村里人都开玩笑地说我父母养了一个可以钓金龟婿的女儿。尽管我的学习成绩还不错，母亲还是愧疚地告诉我：依照我们家的情况，是无论如何也供不起我上大学的。因此，我高二便辍学了。乡里的学校缺老师，在老校长的劝说下，我成了一名学前班的代课老师。

父母明里暗里到处托人给我找婆家，不管我多反感，还是给我安排了无数次的相亲。渐渐地，我“没礼貌”“不尊敬长辈”“脾气大”等我故意制造出来的缺点传开了，就算男方看上了我，对方父母来“调查情况”时，也都放弃了我。

直到两年后，弟弟考上了大学，父亲从屋顶上摔下来几乎丧失了劳动能力，我才真正感受到自己肩负着整个家庭的担子——那真是让我不堪重负啊。弟弟提出退学，我坚决不同意——贫穷已经让我牺牲了大学梦，弟弟必须把大学读完。就在我不知道该怎么办的时候，命运把我的丈夫送到了我身边。

那天，我和母亲一起送父亲到镇上的医院换药。在路边等车时，有一辆皮卡车停下来，司机探出头来问我们需不需要搭顺风车。皮卡车的后车厢里有几块黄蜡石和几棵挖来当盆景的小树——看来他们是到山里来“寻宝”的城里人，应该不是坏人。这车费能省则省——说了声“谢谢”，我们便扶父亲上了车。坐在副驾驶座位上的男人也下车来帮忙，还提出让父亲坐在副驾驶位置上——这样父亲会舒服些，他和我还有母亲可以在后座上挤一挤。一路上，他很健谈，自我介绍说他叫阿东。得知我是个乡村老师，他很感慨地说乡村老师真了不起，他的童年时代就是在农村外婆家度过的。阿东还详细地问了我父亲的情况，然后像朋友一样和我父亲攀谈，一点城里人的优越感也没有。

在镇医院，他们非要帮忙，热心地扶着我父亲去换药。医生说父亲的情况在恶化，而且发起了高烧，必须到城里的大医院去。我们只能苦笑着摇头，一筹莫展。阿东似乎看出我们的顾虑和无助，指出若我父亲的伤病拖久了，以后可能要在床上度过下半辈子。最后，阿东还说出了让我们无比震惊的话：如果担心钱，他可以帮忙想办法。

我是不敢相信这样的好事会降临到我头上的——就算是真的，也不能接受。没想到，母亲却像抓到救命稻草似的，拉着阿东说只要能治好我父亲，要我们干什么都可以，如果他还没有结婚，她甚至愿意将女儿嫁给他，做大做小都无所谓。我知道母亲是病急乱投医，但这样荒唐的话从自己母亲的嘴里说出来，我还是很伤心的——虽然我心里有一万个理由愿意以自己的生命来换取父亲的健康。实际上，我只是觉得屈辱——在一个才见一面的陌生男人面前，在父亲的伤病与穷困的生活面前，我卑微如尘埃。我强忍着眼里的泪水，客气地请他们离开，我家的事情我们会自己解决。阿东却拍拍我的肩膀，到一旁去打电话。然后，他告诉母亲，人民医院的救护车两小时后到达，让我先回家去打点父亲的生活用品——父亲有可能需要住院。

我的心情复杂而悲愤，面对苦难中的父母，我不能拒绝。可是，不过萍水相逢，阿东凭什么对我们这样好？我要用什么来报答他的热心？

恍惚中，童话变成现实

“用什么报答我？用你的一生。”后来，阿东这样对我说。原来，他是个归国华侨，初中毕业后便出国学习打理家族生意——他们家在加拿大开了两家餐馆。年轻气盛的阿东在二十岁那年迷上一个西方女孩，执意结婚。婚后，两个思想都不成熟、文化背景和生活习惯悬殊的年轻人，过得都不快乐。离婚时，女方找律师说他家暴，拿走他家很多财产。这件事打击了他，他不再相信女人，把精力全都用在经营餐馆上。随着年纪的增长，他的家里开始催促他再婚——不管出国多久的中国人，其实骨子里都很传统，都渴望孩子给家族传宗接代。这一次，家里唯一的要求是，结婚对象必须是中国女孩。加拿大的华人就那么多，适婚女孩哪是那么容易找的。于是，他“被迫”休假，回国相亲。那一个多月，他都记不清见了多少个女孩，但没一个让他动心的——如今的女孩，眼睛里写满了欲望，让人看着就害怕。直到他与搞园林设计的朋友下乡散心，在乡道上看到了我——他对我一见钟情了。

“当时，穿着简单白T恤和牛仔裤的你，在阳光中细心地替躺在人力板车上的父亲擦汗，喂他喝水。时而抬起头张望道路，那个淡然而又迷茫的表情让车上的我心里一动，我便叫朋友停车了。后来在镇医院，你母亲说出那样荒唐的话，你那强忍屈辱泪水的表情，不知为什么让我很心疼，我当时就决定了：如果你愿意，我要找的女人就是你了。”

这是父亲住院接受康复治疗有所好转后，阿东向我表白时说的原话。没有恋爱经验的我，当然很感动。在每个女孩心里，都住着一个灰姑娘，都渴望在自己脆弱的时候，她的王子会出现。我们认识前后不到两个月，便领了结婚证。他们家在城里有几套房子，他将其中一套给我父母住。阿东还给父母开了一个水果档，好让他们在城里有事做，并自给自足。父母每次说起来，都感觉像做梦似的——他们终于不用面朝黄土背朝天了。

阿东的父母虽然没有见过我，但都比较认可我。他们在视频中告诉我，待他们安排好了，年底回来给我们办婚礼——只是阿东必须先回去打理生意。阿东让我辞掉工作，安心地在家里等出国申请的批复，安心地等他回来。

我确实是发自内心地爱阿东，爱他这个人，也爱他给予我的一切。确实，我无法撇清这个选择与金钱的关系——那样太虚伪。一个男人所带来的安全感与他的魅力指数，谁敢说与物质完全无关呢？在这段关系中，我心里明白：阿东从一开始就是“施”的一方，而我是“受”的那个，我必须保持这种平衡。他爱的就是我的单纯与乖巧，用通俗的话来说，便是“听话”。我当然是很听话的了，为了不让他的亲友“看低”他，我努力地适应着他的生活，努力地学习如何做一个大家闺秀，甚至连父母的水果档我都很少去帮忙——怕他的朋友看到了，会让他感到难堪。

年底，阿东和他的家人回来了，我们隆重的婚礼如期举行。善解人意的阿东还请了酒家上门，在我们山村宴请全村的父老乡亲。我确实感受到了众星捧月般的幸福。随后，阿东便带我到云南等地度蜜月。在这之前，我无论如何也想不到自己有一天可以过上这样的生活。

留守中，学会与自己愉快地相处

也许是幸福来得太突然，上天要考验我。我的出国申请被大使馆驳回了，原因是十二年前我提出过申请，上面的资料显示我当时五岁，那么现在的我应该远未达到法定结婚年龄。之前我说过，我家很穷，姐弟又多，在我八岁时，父母曾想将我送给一个加拿大华侨当养女，那华侨因某些原因将我的年龄报小了。在手续办下来后，母亲反悔了，要死要活地让父亲留下了我。所以，我必须在国内逗留三年，年满“二十岁”才能再次申请出国。

最担忧的是我父母，他们怕等着等着，阿东一家一不耐烦就不要我了，那么现在拥有的这一切都要被打回原形。阿东真的很宠爱我，他没有说一句埋怨的话，只安慰我好好地等着，说反正我还小，生孩子的事也不急。但公公婆婆却不这样想，他们让阿东在国内陪我多逗留些时间，目的就是让我怀上孩子——毕竟阿东已经三十二岁了。我父母也暗中叫我加把劲，尽快生个孩子来确保自己的地位。虽然他们是生养我的父母，但我心里却一直抵触他们的某些观念。我表面应允着，心想这种事情还是顺其自然好了——如果怀上了，最好；如果怀不上，那也不是我的错。阿东却不忍心我一个人在国内独自怀孕生子，坚持采取避孕措施。他说我从小受的苦已经够多了，他就是来拯救我、保护我的。这样的男人，叫我怎能不安心地好好等着？

在阿东结束婚假回到加拿大之后，我开始了真正的留守女人的生活。临走前，阿东列出很多不希望或者不喜欢我做的事情：打麻将、泡酒吧、泡KTV、工作、替父母卖水果……他给我办了美容卡、电影卡、瑜伽卡，还嘱咐我的同学和朋友没事就来陪我逛逛街、吃吃饭。我当然是无条件地接受这一切，我本来就是个不爱热闹的人，对那些城市娱乐也毫无兴趣。

日子过于简单，就会苍白无聊。我每天的生活内容就是保姆做好饭，我来吃；不是在家看电视，就是在外面看电影、做美容；每天最值得期待的，便是和阿东的网络视频。思念有时会像潮水，把我的文静淹没，我也会对着视频流泪。每当这时，他总像个韩剧里的大叔，说尽世上最好听的话来哄我。

久而久之，我总结出来：这不仅是我发泄情绪的方式，也是他表达感情的重要途径。于是，我隔三岔五地来点无伤大雅的小别扭，很有分寸地掌握着节奏。显然，他很乐于，也很享受每次将我哄得破涕为笑的成就感。是的，要说我不担心他变心，那是假的。因为如今他就是我的一切，是我的整个世界，甚至是我娘家的整个支柱。我得渐渐学会揣摩这个男人的内心世界，我得牢牢地抓住这个男人情感的每一根神经。我要他永远只属于我。我谨记着某个婚恋专家说的“危机感”营造的分寸。我明白，相隔遥远的空间与漫长的时间，其实阿东同样害怕失去我、害怕我“变坏”。我的聪明还不能表露出来——如果我的装傻和听话，能够换来美好的明天，何乐而不为呢？

时间一长，这种生活的苍白与无聊便在我心里无限地放大，我感受着无尽的空虚——那种感觉会使人窒息。毕竟，从小我就是个敏感而又自视甚高的女孩，梦想得最多的是通过自己的打拼理直气壮地让家人过上好生活。如今，我却像个金丝雀般被人养在屋子里，唯一不同的是，我不是“二奶”。时间这么多，也许我可以做点什么吧？做点以后可以赢得阿东及其家人从内心尊重我的事情——

我要让他们知道，阿东为我所做的这一切都是值得的。哪怕我真的只是寄生虫，也要做个有内涵、有境界的寄生虫，做个可以给周围人带来惊喜的寄生虫。

我开始瞒着阿东偷偷地学插花、茶道、厨艺，还暗中提前学习英文，练习用英文写作。日子就这样充实而有趣起来。我知道这些东西终有一天会用得上，三年的时间，我完全可以学得像模像样了。每年清明，阿东都会代表家族回来祭祖，那一个月也是我们相聚的珍贵时光。我没有在他面前露出任何蛛丝马迹，他完全不知道我现在已经可以和茶艺大师论道、可以将花插得像艺术品、可以将素菜做得色香味俱全……

幸福中，任何努力都不会白费

三年终于艰辛而又甜蜜地过去了，我的移民申请终于获批。

在陌生的环境中，因为有爱人相伴，我根本谈不上适应不适应——反正阿东在哪儿，哪儿便是我的天和地。我闲不住，跑到餐馆去帮忙。我首次亮相之前，便偷偷地去买来鲜花，在大家上班前将花插好，摆放在各个位置。阿东、公公婆婆见到后一直问是谁弄的，我装作没听到。阿东查看监控视频，发现是我，惊讶得瞪大了眼睛。客人陆续到来，既是厨师又是老板的阿东无暇多问，倒是客人们无不对插花赞不绝口。餐馆的整个氛围都变了，用餐变成一件愈加美好的事情，客人的胃口大开，很多客人都不自觉地加菜。餐馆里忙不过来，我开心地帮忙做服务员，用英语与客人简单交流。阿东再次惊呆了，公公婆婆很开心。餐馆打烊后，阿东抱起我亲个不停，说我太让人惊喜了。我娇羞地说：让你们惊喜的事情还多着呢。

餐馆的生意越来越好，甚至有客人要拜我为师学插花。这时，家里又在商量推出新菜式，我提议做素菜，并亲自做了几道让大家尝尝。阿东看我的眼神，简直像看女神一样，直说他娶我这个老婆真是捡到宝了。通过调研，大家选了其中一个菜式正式推出，没想到这道菜还挺受欢迎。下一步，假如要开分店，我们都有开素菜馆的共识。只是阿东总是怕我累着，加上我刚好怀孕，他们都拿我当宝贝般对待。孩子出生后，我全身心都放在孩子身上，开素菜馆的事就这样被搁置了。但我想，以后我一定要开起来。至于茶道，我用这个特长将公公侍候得舒舒服服的，连婆婆都要吃我的醋了。公公是很传统的中国人，在家喜欢穿长衫、喝茶、打太极。我学茶道，多半是因为想讨好公公。其实一个家的和谐，不就在于大家都乐于互相讨好吗？公公的朋友知道我懂茶道，经常结伴而来。这时，我从祖国网购的汉服和旗袍就派上用场了。来的客人之中渐渐出现一些各行业比较高层的华侨与当地人，这无形中为夫家的关系网添砖加瓦。

我就这样从一个可怜兮兮的变相“卖身”的小媳妇、众人眼中的寄生虫，逐渐蜕变成夫家真正的女主人，备受尊重。留守不易，学会和自己愉快地相处，学会找到通向幸福的密道，是每个留守女人必修的功课。人的尊严与幸福，简单、善良是基础，但从来都离不开内心的警醒与坚持。

留守女人故事二：

留守女人，你的名字是怨妇？

第一次与阿梅见面，是在同学组织的一次野外烧烤活动上。得知我写小说，她便特意坐在我身边和我闲聊。她很会找话题，很开朗，也很懂得照顾人。在休息的间隙，我和她在山间小路上散步，当她问我“你看我的样子，像个怨妇吗”时，我着实愣住了。她看着我自嘲地笑了笑，那笑中带着些许酸涩。第二次见面是她主动约我。坐在咖啡厅里，她又问了我一个“雷人”的问题：“你看我像偷情的女人吗？”当我尝试着将这两个问题联系起来去想象她的故事时，她却忍不住滔滔不绝地说开了。

曾经的“第三者专业户”

正如你所诧异的一样，不管是朋友、家人还是我自己，怎么也想不到我会成为一个留守女人，一个表面风流快活、实际空虚抑郁的怨妇。

我不是读书的料，小时候学习成绩很烂，所幸父母将我生得眉清目秀，身材高挑。我初中毕业后就没再继续读书了，在酒店里当服务员。也许是因为长得还不差，人也挺伶俐，我很快就升为部长。这行业没别的好处，就是容易接触到许多有钱人。顾客是什么层次的，我们一瞧就知道。这期间，我因为虚荣，和一个有家室的老板偷偷地交往了一年多，后来被他老婆发现了。他老婆到酒店来当众打了我两个耳光。那个时候，我年纪小，脸皮也薄，不敢再在那个酒店工作了。听说那个男人的财政大权握在他老婆手里，他也没敢再来找我。我很忧愤，也很伤心，毕竟他是我的第一个男人，也算得上是初恋吧。就是他，教会了我享受生活，为我今后的不幸人生埋下了伏笔。

习惯了吃好的、用好的，我早就忘记了自己的出身。

那每个月只有千把块的工资，满足不了我，于是我开始寻找新的目标。这时我已经在另一家大酒店工作了。像我这种女孩，只要花点心思，不愁钓不到有钱的男人。我心里清楚，许多男人之所以向我表示好感，无非是想和我玩玩。但我实在经受不住诱惑，又和一个有妇之夫好上了。而且我还知道，他的情妇不止我一个。来往了半年，我问他能离婚娶我吗，他不屑地笑了起来，给了我一点钱，就将我打发了。

经过这两次教训，又通过同事和姐妹们的言传身教，我明白了：要想一劳永逸，看准了哪个男人，就得想法儿将他真正弄到手——说明白一点儿就是非结婚不可。我当然知道这不容易，毕竟我一无家世、二无学历、三无内涵，有的只是青春和还过得去的脸蛋。

二十岁那年，我认识了唐韦——一个做麦克风配件的小老板。他也是有家庭的，以致我的朋友都笑我是“第三者专业户”。其实这不能怪我——有哪个条件好的未婚男人会下决心娶我回家？现在高学历、高品位的女孩满大街都是呢。唯 不同的是，唐韦的婚姻确实不美满——他的结发妻子不能生育。打听到这一点，我心中窃喜，便想尽办法接近他、关心他。我有一种预感：这个男人迟早是我的。

以怀孕为由，横刀夺爱

唐韦很喜欢喝酒，而且他喝的都是白酒。有时他在酒席上会醉得不省人事，可惜每次都有和他一起来的人送他回去。他对我是有好感的，每次来都喜欢叫我过去喝一杯，说说话。机会终于来了——那天，他是一个人来的。他叫我坐下陪他喝两杯，还边喝边对我说他和妻子吵架的事情。我趁机问他：既然这样，怎么不离婚呢？他说离婚要分一半家产给她，因为那也是她和他一起创下的产业——他们共患过难，他不能忘本。

看着他痛苦纠结的表情，我心想：只要我怀上孩子，他就会“舍得”了。于是，我便计上心来——有的计谋恶俗老套，但似乎永远奏效。

我不知道唐韦家在哪儿，我也根本不想送他回家，就用他的名字在酒店开了一个房间。我没有那么傻，太主动不会落下好印象的。我在房间里照顾了他一整晚。第二天他醒来，见我因一夜未睡而憔悴的脸，还有已经替他拿去加急干洗好的外套，他很感动，动情地将我拉进了怀里……三个月后，我怀孕了。经过痛苦的考虑之后，唐韦最后选择离婚，娶了我。

没多久，女儿出生了。唐韦也一改过去那种流连声色场所的习惯，一下班就往家里跑。对孩子的照顾，他比我还上心。我对这样的生活很知足。哪知危机也正在向我们袭来——他的前妻怀恨在心，一直在伺机报复。其实，唐韦的工厂是没有正式注册的。2006年底，我们接了一笔马来西亚的大订单。就在我们打通了一切关系准备运货出境时，货物在海关被扣押了。接着，工厂也被查封了。原来，这一切都是他前妻举报的。想不到的是，我们的银行账户也随之被冻结。

为了家庭和事业，唐韦放下尊严去求他的前妻。他的前妻说除非把我的孩子过继给她跟她姓，由她来养。唐韦和我都接受不了这样的屈辱。唐韦平日里对人不够大方，因此没几个人在这非常时期站出来帮我们。我们找了一切能找的关系，但事情毫无进展。这事一拖就是三个多月，其间我们花光了家里所有的现金，交了许多名目的罚款——本来就只是一个家庭式的小作坊，哪里经得起这样的折腾？

经过这次打击，唐韦变得一蹶不振，同时他还得忍受别人的嘲笑——说我不旺夫什么的。唐韦对我和孩子的态度也有了转变，经常动不动就发脾气。一开始，我总是鼓励他重新来过。后来我的情绪也不好了，我们吵架是常有的事。他甚至说："要不是因为你，我会走到今天这地步吗？"我反驳他："要不是我，你能有后代吗？"但他说出了更加让人心寒的话："你以为只有你一个女人才会生孩子吗？何况生的还是个赔钱货！"

我们就这样互相折磨着生活。也许人的精神面貌真的会影响人的方方面面，不知为什么，在生意方面，唐韦一直没能起死回生，反而越来越糟糕。

一个偶然的机会，一个熟人告诉他有个朋友想到泰国投资电子行业，需要懂技术的合伙人。其实，唐韦干的那些活，技术含量是很低的，而且我们也没有多少钱入股，出去又不能挣什么大钱。我直言不希望他去。面对我的苦苦挽留，他执意要去。也许他是在逃避现实，也许是真的想换个环境好好创业，但不管怎么说，他这样扔下我们母女，我一万个不愿意。虽然他说他终会回来，挣了钱会寄回来，可是在家乡这里，我们的生活就算比不上从前，也比一般的工薪族滋润啊。

诚然，我需要物质上的保障，但我更需要的是男人真实的相守。对于他的一意孤行，我的内心充满了幽怨。

无法战胜的寂寞与无聊

没有选择地，我成了这个著名侨乡众多留守女人之中的一员。我真的很不喜欢“留守女人”这个标签，因为它意味着寂寞、无聊、漫长的等待和杂乱无趣的生活。起码，我所看到的留守女人没有哪个是真正开心的。我总是有一种感觉：如果唐韦出去了，我就失去了一大半的老公——毕竟我们的感情基础并不牢固，我生的又不是他所希望的儿子。

也许是刚刚远离家时多多少少都有些牵挂，也许是距离产生美——刚开始时，唐韦经常给我和女儿打电话，偶尔还会写封信。我在这时才感受到真正的恋爱滋味，但这并不能弥补男人不在身边的种种不方便。我早就不工作了——我找他这样的男人，不就是为了活得逍遥一些吗？我每天的生活基本是：早晨起床，喂孩子吃点东西；有时把孩子塞给我妈带，我便去玩；有时我自己带着孩子去打麻将。在感情的失衡中，我爱上了打麻将，经常一打就是一整天。慢慢地，我和一些无所事事的富婆们熟悉了，跟着她们在酒店包个房间打麻将，赌的也越来越大。有时，我连家都懒得回，在酒店的房间打通宵，困了就瞌睡一下。几个男男女女待在一块，你能想象吗？这些全是老公不在家或者老公不顾家的有钱、有闲的女人，男女关系那个随便啊，我刚开始也接受不了。

可是，我毕竟是个女人。我越来越想唐韦，经常在电话中要求他回来发展，要不就将我们接到泰国去，可他总是各种推托。那我能怎么办？我爱闹爱笑，又黏人，他不是不知道啊！他寄钱回来任我花，可那又怎样？因为之前发生的那些事情，婆婆家的人对我很有意见。幸亏我和他们是分开住的，也影响不到我什么。唐韦到泰国后，婆婆和公公再也没来看过我，我也没有回去看过他们。唐韦总劝我和他们搞好关系，可是凭什么呀？我又不是哈巴狗，用不着讨好谁。不过，我猜婆婆他们肯定对唐韦说了不少我的坏话。渐渐地，我越是无理取闹，他就越不愿意多解释什么。虽然电话还是会经常打，可是通话时间越来越简短，可能他是怕多说一句我就开始哭闹吧！有一段时间，我真是很害怕回家，害怕睡觉，害怕过节。

俗话说，苍蝇不叮无缝的蛋。这个世界上的男人没有不喜欢偷腥的，特别是那些经常在这个圈子混的男人。不管你已婚还是未婚，一旦得知你是个留守女人，他们就盯上你了。他们想入非非的不仅是你的人，还有你的钱。我呢，闲钱就没多少了（我也不愿意花这个钱），有的只是心底浓浓的寂寞和幽怨，以及这缺乏抚慰的年轻的身体。我从开始的下意识抵触到后来的半推半就——真的，说不清楚到底是谁勾引谁，我就这样与一个开出租车的男人在一起了。

我终归只是个怨妇

也许是唐韦听到了国内熟人的风言风语，他的言辞之间总是叫我交朋友要小心。我先发制人，在电话中大哭大闹，质问他自己不能尽父亲和丈夫的责任，我烦闷时交几个朋友都不行啊？最后，还是唐韦妥协了。实际上，我也有一种感觉——唐韦在泰国也是有情人的，不然他不会这么久也不回来，春节明明是有假期的，可他也说很忙。三年了，我很清楚我最应该做的事就是：多想一些名目，向他多要钱。或许是他觉得愧疚，他几乎对我有求必应。

在我的心里，“老公”现在只不过是我的提款机，是一个象征性的符号。我越是怨恨他，就越放肆地与别的男人偷情。这三年间，我陆续换了好几个情人。现在关系稳定的情人是一家企业的办公室主任。他很高大，能说会道，很温柔。他对我是动了真情的，我也非常爱他。这一年来，他几乎充当了我老公的角色——我有什么大小事情，都和他商量；我生病了，他甚至会请假带我去看病，在我身边照顾我，给我熬白粥，喂我吃药。不过，我有个原则——就是绝对不会在家里和老公以外的男人上床。何况情人又都是别人的老公！

我只能这样装聋作哑地留守着，寻找自己的乐子。除了打麻将，和认识的那些富婆们一起外出玩乐，几乎都不用我掏钱——她们很闷，而我这个人爱说爱笑，比较好玩，经常主动充当“小保姆”的角色，她们挺喜欢我的。有一次，我们讨论到“离婚”这个话题，这个圈子里的人无一例外地认为婚是绝对不能离的。她们似乎已经接受了生活的现实和自己的命运，觉得老公们只要能够给她们提供尽情享受的生活且不主动提出离婚，就随他们去吧。可是，毕竟她们比我大十多岁，最美好的时光已经过去了。而我呢，这么年轻，真的能接受吗？

女儿渐渐长大了。看着她天真无邪的小脸，听着她经常问“爸爸在哪里”“为什么还不回来”“是不是不要我们了”，我特别难受。有时，我真的对未来充满了恐惧——难道我就要这样过一辈子？我不知道唐韦的内心是怎么想的，他在泰国是不是又有了一个家，我也不知道。没有一个人会对我说实话——我问他的老板，人家说不会干涉员工和合作伙伴的私生活，自己的私事请自己解决。从这句话中，我已经明白了几分，只是不知道那女人是谁，多大，哪里人，漂亮不漂亮，有没有为他生下一儿半女？要是真的有，那我的留守生活还有什么意义？可是，假如有一天他回来了，向我提出离婚，我又应该怎么办？我的那些情人，包括这个最“疼爱”我的办公室主任，又能对我负责几许？

我真的知道我目前的生活不好，也不对——但我能改变什么？我又不想让别人看低——当初横刀夺爱，从别的女人那硬抢来的老公，婚宴又办得那样风光，大家都以为我是个风流快活的贵妇人。我不想把我的不开心拿给别人看，也尽量不委屈自己——我吃好的、穿好的、用好的、玩好的……可就算是这样，就算我有情人的安慰，每当我安静下来，我都清楚地知道：实质上，我还是在委屈中生活，我终归是个寂寞的怨妇。

留守女人故事三：

忠诚与坚持，我的留守生活苦尽甘来

小月应该算是比较幸运的留守女人，因为在我写这篇稿子的时候，她已经到了荷兰——与她的丈夫在一起。在她发来的相片中，她笑得很灿烂，肚子已经明显隆起——一个新生命不久以后将降临异国他乡。旁边搂着她的男子比她矮半个头，其貌不扬，面相和善，他侧头看着她，眼里全是宠溺的笑意。苦尽甘来，这味道唯有亲历过的人才能深刻体味出它的丰盈与甘甜。

家境贫寒，
我暗想把婚姻当捷径

在我很小的时候，父母为了逃避超生处罚，带着我们

姐弟仨从河南来到这个海滨小城的郊区农村，拾了一些当地人弃耕的田地，开始了艰难的异乡求生。我们姐弟三个从小便很懂事、很勤劳，学习成绩也不错，这和当地孩子那种普遍懒散、不思进取的状态形成了鲜明的对比（当地孩子的家族中大多都有华侨资助，家里也有出租田地的工业补贴金）。也许正是因为这样，后来才有那么多好心人愿意帮助我们吧。

在我刚上高三那年，父亲病重，几乎花光了家里所有的积蓄。看着两个年幼的弟弟妹妹，我选择了退学。一个归国探亲的老华侨听说了我家的事，发动了好几个人帮我。对于父亲的病，他们无能为力；但对于我们姐弟的学业，他们愿意资助。我重新回到了学校——我知道这只是暂时的，人家不可能一直这样无偿地帮我们，要是我还想着考大学，那就更不现实了。高中毕业后，长相清秀又肯吃苦的我进了一家加油站工作。那时父亲已经去世了，我就靠着一千多元的工资撑起了整个家。

在我工作一年后，那个老华侨捎给我一封信，问我有什么打算，想不想出国——如果想的话，他帮我介绍个在国外的对象。他还特地在人品方面向我做了保证。收到这封信，我想了很多。如果真要改变我家人以后的命运，我很清楚这是一个机会。老华侨的话中带有明显的“提携”“恩赐”的字眼和语气，事实上也确实如此。出国对于有众多国外关系的本地人来说，是很容易的事情；可是对于我这种没有任何背景的搬迁户来说，那几乎是不可能的。

我忐忑不安地对母亲说了这件事。母亲没有强行要我答应，而是让我自己决定。她越是这样，我就越是希望早点儿让她过上好的生活。我给老华侨回信，又按他的要求请朋友帮忙照了一些生活照，选了几张，随信附上。

第一次见面，便定下婚姻大事

生活的艰辛，让我无暇考虑浪漫之类的事情。我唯一的希望是：选中我的男人是一个好人，会善待我和我的家人。后来，不断有老华侨的消息传来，先后有五个单身青年希望结识我，他们在国外给我打电话，又要求我到网吧开视频让他们看。我心里虽说不是那么情愿——这种感觉很糟糕，我觉得自己廉价极了，像一件商品在处理推销似的——但我得忍着。

经过几次交流，又征求了老华侨的意见，最后我选择了一个长相比较老成、说话总是柔声细气的男人。老华侨说这个人三十五岁，有过短暂的婚姻，没有孩子——他供妻子在国外留学后，妻子就跑到美国去了。他到荷兰已经十五年了，先是在亲戚开的餐馆里打工，现在自己开了一家小小的快餐店，怎么说也是个小老板了，而且他是少有的读完大专后才出国谋生的台山男孩。母亲也说，就选这个吧，虽然个子矮了点儿，不过家底殷实些，人又老成，离过婚的日后会更加珍惜你。

那一年，我才满十九岁。后来我了解到，当时有三个在国内的台山女孩想嫁给他，而且都比我漂亮，其中有一个还是大学生，可是他选择了我。通过电话和邮件联系了一段时间，他就抽空回国和我正式相亲。

对男女情事懵懵懂懂的我，想到就要和准夫婿正式见面，心里是百感交集的——有期待，也有害怕，更多的则是茫然。家人和我的未来就取决于这“一面之缘”了。老实说，我表面温顺，实际上却是个很有想法的女孩，从小我的观察能力和思考能力都不差。我清楚他看上我是因为我的朴实懂事，因此我没有精心准备什么。

他回国当天便约我们一家人出去吃饭。他在国内的一些主要的亲戚都到齐了，坐了满满的两大桌，那些三姑六婆上下打量我，弄得我很不好意思。他母亲年纪很大了，一个人在国内，由他的堂姐照顾。老人很喜欢我，示意我坐在她身边，拉着我的手问这问那的。我很有礼貌地一一作答。他坐在我的另一边，一直笑眯眯地看着我，偶尔附和亲戚们的话。我们的第一次见面就这样闹哄哄地过去了。走之前，他母亲掏出一只金手镯，套在我的手腕上。他说，看，我妈认你当儿媳妇啦。在大家的笑声中，我的脸很红。

这之后，他家那边便开始筹备婚礼。我还没到法定结婚年龄，他家的想法是先摆喜酒，以后再补办登记手续。他回国探亲的时间只有一个月，婚礼什么的都要抓紧办。

他们住的地方离我家有点儿远，隔了两个小镇。他借了朋友的小汽车，天天接送我上下班。那么远的路，我九点上班，他在家七点就出发，到我家时八点，吃了我做的早餐，然后送我去加油站。他不会说什么好听的话，但他会观察，看我和家人需要什么，然后自己开车去买回来。有一天，他看着我们窄小的屋子问我和母亲，搬到他家附近住好不好——他有个亲戚全家出国了，空着一座房子。母亲乐得马上就答应了。他真是一个实干的人，第二天就张罗着帮我们搬家。也就是那天晚上，我们正式见面后的第四天，我献出了我的初吻。

我觉得他是一个可以依靠的人，起初的担心也放下了，听了他的话辞了职。我出嫁那天，母亲哭得很厉害，我知道她那是高兴的。婚礼非常有排场，几乎请了整个小镇上的人。

他对我真是挺好的，很呵护我，让我经常想起我的父亲。婚礼之后，我们度过了甜蜜的半个月。看着离他要走的日子越来越近，我难过极了。突然有了一个大山一般的依靠，又突然要消失掉，我还真接受不了。他让我在家等着，他会尽快申请带我出去的。送他去广州机场时，我哭成了泪人儿，他也是红着眼睛上的飞机。

孤单留守，我的情感差点走偏

弟弟妹妹的学费和母亲的生活费，我再也不用发愁了，我也不用再去上班。他堂姐将照顾婆婆的任务交给了我。偌大的屋子里，只有我和婆婆一老一少两个女人居住。为了方便联络，他出国前给我买了电脑，装上了宽带。荷兰与北京时间相差六个小时左右，他只有入睡前才有时间和我视频聊天。每天为了和他相见，我得早上五点半起床，一边梳洗，一边给早起的婆婆做早餐。六点准时打开电脑，和他聊一两个小时，他才去睡觉。我便去买菜做饭。

那时，年少的我并不真正理解“留守女人”的生活意味着什么，只知道申请护照和等待签证是那么麻烦而漫长的一件事。在这漫长的守候中，我才真正体会到“留守女人”这几个字的凄凉与难熬。我的性格是比较隐忍的，有苦也不会轻易对母亲和他说——我不想增加他们的压力。

第一年，我过得不是很辛苦，毕竟我还小，每天照顾婆婆、和他视频聊天，然后看看书，日子过得也很充实。第二年，我开始觉得无聊，想去上班，可是婆婆和他都不同意。我在和他视频聊天时多多少少流露出伤感，有时说着说着还会哭起来。他在那边不停地哄我，可他越哄，我越哭。他说现在荷兰当局在限制华人移民，急也没有用，得再等等。我说既然我出不去，那你什么时候回来？他便答应中秋节回国看我。离中秋还有大半年呢！我一边等他一边沉迷于上网打游戏，也是在这个时候，我认识了一个昆明的男网友“伏剑”。“伏剑”很善解人意，经常带我在游戏里冲锋陷阵，在我不开心时会很耐心地陪我聊天，给我找搞笑的段子和视频。渐渐地，我感情的天秤开始向一个未曾谋面的网友倾斜。

“伏剑”也喜欢我。他说虽然给不了我大富大贵的生活，但他可以时刻陪着我，不让我孤单。他执意要来广东看我。我得感谢母亲对我的传统教育，我坚决地拒绝了——我不能背叛我的合法丈夫。话虽然这么说，但我却越来越依恋“伏剑”。我打开电脑守候的主角不再是老公，而是“伏剑”了。甚至为了他，我经常熬夜，舍不得睡，因为一关了电脑躺在床上，我就觉得很孤单，孤单到想哭。

后来有一天，“伏剑”又提出要来看我，这一次，我没有拒绝。我想，见一见也没有什么大不了吧。可是当“伏剑”告诉我他已经买好了到广州的火车票，我反而害怕了。我看着这个虽然没有人气，但样样俱全的家，想着老公在国外孤单一人艰苦地奋斗，想着老公对我宠溺的眼神，想着母亲欣慰的笑，想着弟弟妹妹可以在宽敞明亮的教室里继续学业，我一个人坐在黑暗里，无声地哭了。

我把“伏剑”从网络好友中删除，在将他的手机号码设为黑名单前，我给他发了一条信息，告诉他我老公已经回来接我了，签证已经办好了。

我不知道我对“伏剑”的感情是不是爱，也不知道我对老公的感情是不是爱，但有一点我是非常清楚的，那就是：人不能忘本，不能没有责任心，不能没有底线。

我更加孤单了。和“伏剑”断了联络后，我的生活简直可以用空虚寂寞来形容。“伏剑”通过多种渠道，在网上表达着对我的思念。我忍着不去找他，也不敢再在网络上和其他男性网友深交。我知道，以我目前的这种状况，是很容易误入歧途的。我只能变本加厉地打网络游戏，以此来塞满我的空虚。

躺在宽大的空荡荡的婚床上，我问自己：这无边无尽的黑夜，何时是尽头？

故意拖慢签证进度，竟是为了考验我

婆婆问我怎么越来越瘦了，让我买菜时多注意营养的搭配。也许是他听了婆婆的汇报，在视频中问我是不是哪儿不舒服了，让我上医院检查检查。我说不用检查，你回来了我就好了。他笑我说真是小女孩啊，他还在创业阶段，哪能说回去就回去呢？

中秋节前，他终于回来了。这次的探亲期同样只有一个月——因为他把快餐店交给员工打理了，虽说那员工也是亲戚，但毕竟不是那么妥当。重新见到他，我又哭又笑。真的，我发觉我嫁人后，越来越不内敛了，这真是很奇怪的事。他总是笑我傻气。

这一次，我们补办了结婚登记手续。看到他对我和家人关怀备至，我真想向他坦白我和“伏剑”的一切，以此来弥补我的愧疚，但我终究还是开不了口。

这种真实的关怀和陪伴是那么短暂，开心的日子总是过得飞快——他又要走了。这一次，我又得等多久才能换来他真实的体温?

我渐渐地远离了网络，平日里除了照顾婆婆的起居外，还经常陪婆婆或者母亲聊天、散步，带她们喝茶、郊游，两个老人都说我越来越成熟了，像个小妇人的样子了。我还报读了台山电视大学的函授大专班，我希望做一个有追求的留守女人。

我想不到的是，第三年的清明他又回来了，而且事先没有告诉我。他是突然出现在家里的。婆婆被他吓得差点晕过去。晚上，我去洗澡出来，见他不在卧室，也不在客厅，便到婆婆的房间去找他。才到门口，就听到婆婆对他说，你考验小月也有两年多了，她天天都在家陪着我这老骨头，从来没有惹什么是非，也不爱跑外面去疯玩，现在这样的年轻人不多了，快把签证弄下来吧。

他说，是的，小月这两年多的表现我很满意，实际上咱们有熟人，签证半年前就搞得差不多了，我是故意拖慢进度的。

婆婆说，你这孩子呀，疑心就是重。

他说，我这样做是预防万一，我看过她的网络聊天记录和手机通话单子，没有什么值得怀疑的地方，她对您的照顾也不错，小月真是一个淳朴的女孩，当初叫亲戚去调查她，我就觉得这种出身贫苦的女孩不虚荣，也不会忘恩负义。

婆婆说，这一次应该不会看走眼了吧，妈老了，不想跟着你走。小月还年轻，你却不年轻了，总是分开，别说我抱孙子无望，就是对你们自己的生活也不好。

他说，是，在国外我一个人确实很苦，小月在这边也孤单，是时候带她出去了——我明天就给朋友打电话，尽快把签证拿下来……

原来，他是故意把我晾在国内的，为的就是考验我！有那么一瞬间，我恨他，后来仔细一想，也就谅解他了。我暗自庆幸，空虚时面对“伏剑”的勾引，我的情感没有走偏到实质性的一步。

有忠诚有坚持，才会真正苦尽甘来

2009年3月，我终于和他在荷兰团聚。如今，我已经有了一个多月的身孕。我母亲和婆婆都想让我在国内养胎，说这样好有人照顾我，可是他怎么也不愿意我们再这样分开了。

在荷兰比在国内辛苦，什么都得靠自己亲力亲为。刚开始，他不让我到店里帮忙，我说总在屋里待着对生产不利，他才答应让我做收银员，别的重活他是不让我干的。闲暇的时候，他会陪我散步，陪我说话。随着了解的加深，我发现他除了有生意人的精明，内心世界还是很丰富的。

静下心时，我经常抚摸着隆起的肚子，庆幸我有一个通情达理的婆婆，有一个像父亲和哥哥一样疼爱我的老公——虽然他防过我、算计过我，或许现在和以后他都还会不着痕迹地防着我。我的婚姻绝对算不上完美，可是在现实生活中，又有哪一对夫妻没有过世俗的种种计较和一点点的功利色彩呢？不管怎样，我知道他是我这一生最坚实的依靠。正如我母亲说的那样，女人这一辈子图的是什么呢，不就是有一个可靠的男人伴着走过一生吗？何况，他还改善了我和家人的生活。

我想等我在这边站稳了脚跟，等弟弟妹妹再长大一点，我就把他们接过来。仅冲这一点，我会一辈子对他好，不会再有寻找别的情感安慰的想法了，也永远不会再背叛他。

如果非要我对依然留守在国内的姐妹说点什么的话，我只想告诉她们：留守很苦，忠诚很重要，当咱们咬紧牙关撑过去后，一定会苦尽甘来。

留守女人故事四：

以爱情的名义，开始与结束

“我曾经那样相信爱情，相信他……”采访期间，洁如总是不自觉地反复念叨这句话，语气逐渐变得木然而苍白。她已经不像是在控诉了，好像只是在轻轻地告诉自己，反复告诫自己——如今只有她一个人与女儿相依为命，她只有相信自己、依靠自己，才能走过这段残缺的岁月。因为爱情，她开始留守；也因为爱情，她选择放手。

因为爱情，与父母反目

我的故事得从十九岁中专毕业的那个晚上说起。离愁别绪充斥着少男少女的心房，而最让我恋恋不舍的，是暗恋了两年多的男生陈克。

陈克高大俊朗，弹得一手好吉他。喜欢他的女生很多，而我是文静内向的——虽然中专三年里，有两年我的座位都被老师安排在他的前面，期间他也给过我不少帮助，但我从没有表露出我对他的仰慕。让我想不到的是，毕业晚会结束时，我留下来和几个女生一起打扫教室，陈克偷偷地塞给我一封信。信的内容我至今还能背出来——他说他喜欢我，问我愿不愿意做他的女朋友。

那天晚上，我失眠到天亮，并且做了一个任性的决定——我要到陈克的家乡去工作！

陈克的老家是广东非常有名的华侨之乡，不过他家只是个普通的工人家庭。而我家却在广州市，父亲是中学校长，母亲在妇联工作，家境算是不错的。我的决定伤透了父母的心，他们让有关部门扣住我的档案。在没有档案的情况下，我还是跟着陈克走了，在江门一家私营企业找了一份会计的工作。陈克被分配到一家事业单位上班。

我和陈克的感情发展得迅速而稳定，他的家人都非常认可我。他们觉得我放弃大城市的生活来追随爱情很委屈，总想在心理上补偿我，所以对我很好。一年之后，我就搬进陈克家住，和陈克俨然一对小夫妻的样子。在此期间，父母尽管很想我，可放不下面子，只托哥哥来看过我。哥哥看到陈家虽然不富裕，但对我的照顾算得上无微不至，总算放下心来。同居没多久，我们就准备结婚了。公公婆婆在乎礼节，带着陈克上门和我父亲谈细节，没想到吃了闭门羹。父母是有教养的人，能做出这种行为，可见他们内心对我是多么失望。公公婆婆只好将婚礼安排、聘礼等交给了哥哥。

婚礼那天，我娘家只有哥哥出席了。不过，能嫁给自己爱的人，我还是觉得很幸福。哥哥带来了当初陈家给的礼金，外加十万元，说是他给我的嫁妆。后来我才知道，那十万元竟然是父母给的。

也许，这世间所有热烈的爱情，都逃不过渐趋于平淡的宿命。婚后，陈克渐渐地不再视我为珍宝，还经常和他的朋友喝酒打牌至凌晨。起初，我表示有意见，他还说些好话来安抚我。慢慢地，他就变得不耐烦了。再后来，我受不了就和他吵，可一吵架，他就离家出走。陈家只有他这一个儿子，实际上，陈克的本性是比我还要任性的。值得欣慰的是，每当这种时候，公公婆婆都会站在我这边。

就在我为自己为了爱情不顾一切而后悔时，我怀孕了。陈克又变回了那个温柔体贴的好老公。我以为，婚姻的小波折终于过去了；我以为，我可以一直幸福下去了。

因为爱情，送夫出国

怀孕期间，我吃的、用的都要好的，种种开销让陈克有点吃不消。事实上，在事业单位上班的他工资远不如我高，但我就是喜欢花他的钱。他提出共同承担开支，我拒绝了——我的钱必须留给孩子，他的钱用来养家、养我。其实，作为一个爱情至上的女人，我需要的只是在花他的钱时所感受到的爱意。

怀孕四个月时，我工作的企业没有任何预兆地破产清盘了。陈克很有担当地说，别担心，一切有他呢。于是，我便安心地在家静养，等待孩子降生。

肩膀上的责任突然重了，陈克意识到钱的重要，开始到处留意有什么可以挣钱的门路。对于他的这个变化，我的内心是欣喜的——我觉得这起码证明了他是一个有上进心的人。我本来就不喜欢他在死气沉沉的事业单位里，拿着一两千块钱的工资死气沉沉地活着。

孩子是在年底出生的，是个漂亮的小女孩。陈克对孩子真是爱不释手，公公婆婆也挺高兴的——虽然他们总是暗示我将来还要再生个儿子。陈克一边忙着照顾坐月子的我，一边忙着参加各种同学聚会。从国外回来的同学轮流请客，陈克每去必醉。也许，我真不应该多嘴问他“是不是出国的同学都挣了钱”之类的话，他告诉我他一直在寻找合适的机会和我商量这件事——他想出国创业。

我已经记不清楚他是怎么说服我的了。就我个人来说，我对钱其实看得很淡，我需要的是执子之手长相伴。我之所以同意让陈克出国，我想应该是我在内心深处希望他有所作为，能做一番大事，以此来向我的父母证明：我爱的男人是优秀的，我的爱情是值得他们祝福与信任的。

在孩子刚刚三个月大时，陈克就辞职去了墨西哥。帮他办出国手续的是他的初中同学阿媛，谈的条件是陈克替她打理在墨西哥新开的超市，给陈克10%的股份。

阿媛这个女人我见过，她家族的生意已扎根南美多年。阿媛长相一般，有点胖，但泼辣能干，已婚并有一个女儿。学生时代，陈克总是欺负她——哪怕是现在，陈克在背地里也总是取笑她。因此，我对他们之间的合作，是一万个放心的。何况，我坚信我和陈克之间的感情坚不可摧，坚信我这样好的女子不可能会被辜负。

因为爱情，甜蜜留守

女人总是要为她们的天真付出惨重的代价。我也不例外。

陈克去了墨西哥，我开始了留守女人的生活。所有做了母亲的女人都知道，带孩子是一件很累的事情，累得你根本没时间去多想其他事情。这很自然地冲淡了我对陈克的思念，只有在孩子生病或者睡不着的夜里，我才会流着泪疯狂地想他，给他打电话。而陈克比我深情多了，他隔天一个电话或者网络视频，从不间断。公公婆婆把我养得白白胖胖的，而视频里的陈克却又黑又瘦——因为国外不养闲人，什么事都得亲力亲为，还得超时加班工作。我抚摸着屏幕中他的笑脸，心疼得流下泪来。他总是安慰我说，这一切都是为了我们的明天。

孩子断奶之后，我听陈克的话，没有再找工作，而是安心地在家带孩子。来自国外的汇款一笔接一笔，我通过哥哥把这件事告诉父母。哥哥却担忧地对我说，一定要好好地留意陈克——男人这种动物，是很容易受环境影响的。哥哥告诉我，他觉得陈克的钱似乎挣得太容易了——那么多人，那个富婆为什么就将生意交给陈克打理呢?

转眼间又到了春节，我希望陈克回来过年，带孩子一起正式地见一见我的父母。因为这段时间，父母的态度因为小外孙女而软化，时常托哥哥带婴儿用品给我，我觉得这是和父母和解的最好时机。可陈克强调机票太贵。我说这钱我们还出得起，然后他又说超市忙，离不开他。他出国这一年，我第一次和他吵。之后，公公婆婆也命令他回来——他们还希望我能再怀个男孩呢。最后，陈克还是回国来了。

小别胜新婚，我们感情像初恋时那般热烈。在哥哥的安排下，我和陈克带着孩子回到了离开四年的广州娘家。母亲与我抱头痛哭，态度强硬的父亲虽然还一直绷着脸对陈克不理不睬，但对小外孙女却是疼爱有加。我知道父亲是在用这种方式保持自己的威严，却不知道应该做些什么来亲近我愧对的父亲。突然，陈克端着茶，一把拉着我一起跪在父亲面前。父亲想不到我们会这样，忙将我们拉起来……至此，我们的父女关系才算真正破冰。

这一次，所有人都发自内心地感激陈克。父亲当然又端起他当校长的那种架子，训诫陈克要怎么好好对待我与孩子，不然将怎样怎样。陈克不住地点头，额头上却满是汗珠。事后我问他是不是很紧张，他不自然地笑了起来。

陈克的不自然，越来越多了起来。他接电话时总爱避开我，有时电话甚至会在半夜突兀地响起；本来说好了这次回国休息一个月，他却将出国机票日期改签提前了十天。他的解释是，墨西哥那边的生意太好，事情太多，一直催他回去——老板都在打拼，他却在度假，心里过意不去。

当然，我又相信了他。因为除了这两件事，我们的相处真的很完美。

因为爱情，选择相信

如果不是那个突如其来的电话，我会一直过着这种虽远隔重洋却内心甜蜜的留守生活。

在陈克出发去往墨西哥的两个月后，公公婆婆接到了一个电话，然后就神神秘秘地出去了。回来之后，他们一个劲儿地唉声叹气，老实的他们甚至不敢直视我的眼睛，一起吃饭时也是前所未有的沉默。

这诡异的气氛让我生疑，问他们到底见了什么人、说了什么事，他们都叫我不要问了，说知道了对我没好处。

那边才起床的陈克和我视频聊天，孩子已经能清晰地叫爸爸、会说简单的话了。陈克对孩子的那种思念和宠爱，是装不出来的。

公公走进来，看着儿子和孙女亲昵，不知道为什么，他的表情很复杂。用少有的严肃语气说："你那边天亮了是吧，我有话对你说！"陈克让公公有什么话就在视频通话里说，公公却坚持叫他打电话回来。之后，我听到公公在他的房间里吼叫，还摔了电话。我跑过去，他们依然不告诉我原因。

直到有一天，我碰到陈克的另一个初中同学，他问我知不知道阿媛回来了，还说阿媛离婚了，四岁的女儿跟她，这次她回来是处理国内的生意，以后可能就很少回来了——不过奇怪的是，才离婚的阿媛看上去有六个月的身孕，还坐长途飞机来回跑，真服了她。听了这话，我心里有了隐隐的不安。

我和陈克视频聊天时说起了这件事，他的眼神突然躲闪起来，追问我还听到了什么，最后叮嘱我如果有任何人说关于他的闲话，叫我都不要相信。

我到客厅喝水，路过公公婆婆的房间，听到他们说什么“男孩”。因为孩子经常在他们的房间跑进跑出，他们习惯了不关门睡觉。也许他们也听到了我的脚步声，没有再说什么。

第二天，公公和我有了一次奇怪的对话，大意是我嫁到陈家这些年受委屈了，他们是打心里把我当女儿看待，现在是这样，以后也是这样，不管发生什么事情，他们都站在我这边。然后，他们交给我两个房产证，一个是我们住的这套三居室，一个是新建的高档小区里的四居室，办证日期就在前天，而名字写的是我。单纯的我傻傻地感动了半天，竟然没细想——公公婆婆哪儿来的钱买新房子？

因为爱情，决绝放手

就这样，又是一年过去了。陈克早早地就铺垫春节他为什么回不来，得改在端午节才能回国。相隔这么远，尽管我不开心，但我总不能无理取闹。反正等待与思念早就成了习惯，我也不在乎多等几个月了。

虽然不在一起，但陈克从没忘记给我制造小浪漫——所有节日和我们的纪念日他都记得，并委托本地的花店与礼品店及时送来各种惊喜。这让我感觉他一直在身边，从未远离。情人节，我又收到他委托花店送来的超大花束，还有他从国外寄来的巧克力。也正因为如此，在得知一切真相时，我才感到加倍的惊惶失措和难以面对。

端午节终于到了，陈克也终于回来了。甜蜜地相聚两天，阿媛来了，还有一个一岁多的男孩。公公婆婆像惊弓之鸟，训斥她怎么不打招呼说来就来了。陈克也是一脸的惊慌。只有我友好地请她坐，优雅给她泡茶。其实，我的手是颤抖的——我的直觉告诉我，有什么东西将要撕裂!

果然，小男孩拿着他的新玩具，蹒跚地走向陈克，奶声奶气地用英文叫爸爸，让陈克陪他玩。

公公气得将桌上的茶壶都摔了。婆婆拉着阿媛问她是什么意思，当初她不是说只想借陈克的种生个儿子，绝对不会破坏陈克的婚姻吗?

至此，我似乎明白了一切。陈克绝望地看着我。我脑子里一片空白，心脏绞痛，本能地找出两个房产证扔向他们，抱着女儿掰开一双双想阻拦我的手，夺门而出。我不想再在这丑陋的地方多待一秒钟，不想我的孩子直面这些丑陋的事情。

哥哥找到我时，我抱着孩子站在河边，像尊塑像。父母无声地接纳了我，没有多问一句。还是只有哥哥一个人，到陈家替我声讨。但这有什么用呢?

公公和婆婆来了，父母依旧不开门，我念及他们年纪大了，出去请他们回去——什么都不必说了，我不会原谅和这件事有关的所有人，我要离婚。

陈克听说我要离婚，急得快要疯了。他一次又一次到我父母家乞求要见我和孩子，都让父亲打跑了。后来，他一直坐在车里堵在我娘家的楼前。我开始怕出门、怕见人，甚至怕陈家来抢我的孩子。这个时候，我觉得我不应该是个怨妇的样子，我要振作，我要为尊严战斗。

于是，我主动约阿媛谈。阿媛不愧是生意人，很有胆识，她按照我的要求没有告诉任何人来和我见面。见到我不卑不亢，她很吃惊。我告诉她，虽然在爱情上我黑白不分，但我好歹是学财务的。我建议两个女人开诚布公地谈谈，她毫无隐瞒地告诉了我一切。

原来，初中时她就喜欢陈克。她出国后十七岁就结婚生子，但婚姻并不幸福。得知陈克想出国创业时，她确实是抱着帮他又利己的想法，没想到的是陈克这么适合经商，而她自己的婚姻又如此痛苦，于是她勾引了陈克。在异国寂寞的陈克也默认了这种关系，他没想到她会怀上他的孩子，并且毅然离婚。陈克坚决要求她打掉孩子，但她不肯，还跑去找陈克的父母说她怀的是男孩，还保证说她只要孩子，绝对不会破坏陈克的婚姻。陈克的父母听到怀的是男孩便心动了，接受了保守这个秘密的条件，并加倍地对我好。随着那个孩子的出生，陈克的父爱一点一点地泛滥，以至于和她公开同居，还接受了孩子叫他爸爸。他们协议这个秘密永远不揭穿，可是她不甘心，才捅破了这一切。她要我相信她不是真的想伤害我，可她的孩子需要爸爸和一个健康的家庭。

我冷笑，那我的孩子呢?

她说，人都是自私的，我考虑了自己，就无法考虑别人了。男人终归是看重利益的动物——是的，陈克很爱你，到现在都没改变，但我确定，在我和我的钱面前，你的分量还是不够，不然他也不会屈从我这么多年。而且，我还确定，你已经不爱他了，我会替你好好爱他。

我确实无法继续爱陈克了——哪怕他放弃一切留在国内。

临走时，阿媛将那个四居室房产证给了我，还有一张数额不菲的银行卡和给我孩子买的教育基金。她说得很真诚，她真的不是想用钱来解决一切，只是想表达她的歉意。

是的，我是学财务的，我知道这个时候我应该在乎什么。我没有装清高，默默地收下了。为什么不收呢？我用一生的幸福，换得这点东西，其实还远远不够！而且，重要的是，我不再恨他们了。带着恨意生活，那才是真正的灾难——我不希望我的失败影响女儿的一生。在这之前，我从来不知道，我竟然可以这样冷静、坚强。

我的人生，在此出现分水岭。后来，陈克果然和阿媛一起出国去了。我曾经那样相信爱情，相信他……没有了爱情，没有了他，我只有女儿了。从离婚那刻起，我必须要为女儿而活，我要成为她的榜样。陈克和阿媛给我的钱，足够我们母女好好生活的。有时我想，也许我还应该谢谢他们——我开了一家中高端美容院，生意还不错。任何时候，信自己，女人才有好的出路。

留守女人故事五：

主动留守，却成就了我的海阔天空

在我接触到的所有留守女人中，阿芬给我留下的印象最深，也让我由心底产生深深的敬重。在这个四十岁的女人身上，有着许多传统女人的美德，也有着许多现代女人的特质，这两种东西经过磨砺的阵痛之后，在她的人生当中碰撞出和谐的悦音。通过网络，我和她已经有过多次交流，相约见面那天，她犯了胃病，却坚持带着已经就读大一的女儿一起来。她的女儿比她还高出半个头，像个小管家似的，在我们聊天的间隙，不时地提醒妈妈这个不能喝、那个不能吃、会不会觉得空调风太冷了、吃药的时间是不是到了……阿芬很听话地应和着，神色之间，是一副有女万事足的模样。而我知道，她的世界，绝对不仅仅局限于此。

主动将老公送出国，我不后悔

到今年为止，我做留守女人已经是第六个年头了。

我是江门外海人，初中毕业后便开始打工，这期间认识了我的老公。他是开平人，人很老实，很爱惜我。你也知道，像我们这种学历低的人打工收入也很低，还要租房，一个月下来，除去吃饭什么的，真没剩什么钱。特别是女儿出生后，日子过得愈加捉襟见肘。我们最大的梦想是在城里买房，让女儿接受好的教育。

女儿上小学后，考虑到我们光这样“打死工”不行，我便劝老公去学厨艺，用多年的积蓄在城里开了间小食店。由于位置还不错，小食店的生意还过得去。可就在我们刚扩大店面后，就遭遇了2003年的“非典”，连续两个月几乎没生意。小本生意经不起折腾，家公又中风了，无奈之下，我们只得转让了店面。

家公最后还是去世了，老公一直很自责。

女儿的学习成绩很好，升初中时考上了开平最好的中学。我们心里感到欣慰的同时，又很担忧不能给她提供良好的经济支持。我见到我老公村里有许多人都出国“淘金”去了，就问他家有没有这方面的海外关系。老公说他们老家一般一个村子里有人在国外的话，总会想办法帮同村的兄弟姐妹出去，一个带一个地出国。我问他要不要也出国去试试。他说不想和我们娘俩分开，而且出去比在国内还辛苦呢。我故意激他说，可人家苦得有价值呀，你要是怕苦就先把我弄出去吧，我挣钱寄回来，你在家带女儿、照顾婆婆。

老公听我这么说，也觉得在国内很难真正改变我们的生活现状，考虑再三，还是决定他出去、我留守。刚好村里有兄弟回来探亲，他是个华侨“领袖”，一口答应了老公的请求。同去的还有村中五个刚刚初中毕业的男孩。这个华侨“领袖”先给大家垫付机票和所有手续的费用，到那边所有人得免费给他打工三年，只在年底发个大红包，让大家寄回国内给亲属，从第四年开始算工资。

没出三个月，老公就到了大洋的彼岸。出发的那天，他是哭着上飞机的，我和女儿也哭了。许多人都说我傻，可我并不觉得后悔。我文化水平不高，但我是个想好了目标就努力去实现的人。我相信老公和自己，相信我们的感情能经得住考验。

一个人撑着全是女人的家，我很艰难

我就这样开始了我的留守生活。一个家，突然没了男人，使我们的生活产生了极大的落差。特别是女儿，提起爸爸总是泪光闪闪的。我总不能也跟着流泪啊，哄好了女儿，独自面对黑夜的时候，我的心比谁都酸。

女儿周一至周五要住校，婆婆年事已高。我不放心婆婆一个人在家，而且女儿周六、周日回来了也需要家的温暖，我就不能外出打工了，便在家开了个小卖部。其实，大家买东西都喜欢到周边的大超市去，我真不甘心天天待在家里一天只挣那么十块八块的。可是，我又能干什么呢？

婆婆年轻时跟公公一起走船，人老后风湿病非常严重，天气一变就不能走动了，只能卧床。我得在床前侍候着。有时还要半夜起床端屎端尿的，可我不能有半句怨言，因为她是我老公的妈啊！我老公在外面为我们打拼，我就得帮他照顾好家，免了他的后顾之忧。

以前，我还真没想到留守生活会这么不容易。寂寞也是有的，毕竟我是一个正常的女人，可我从来没有像某些留守女人那样觉得生活空虚什么的——太多的事情等着我去想、去做。我也从来没有动过要找个情夫什么的来“充实生活”的念头——这样于情、于理、于法都说不过去。

老公一般一个星期给我们打一个国际长途电话，他从那边打回来比我们打过去要便宜得多，这也算是外国的一项福利吧，但通话时间不能太长，每次都控制在五分钟以内。老公说南美小国家还比不上咱们老家呢，下了班没有什么娱乐，甚至没地方街逛。他说主人家三个超市的生意都非常好，他们经常从早上开门一直做到晚上打烊，手几乎就没停过，下班后累得人也不想动了，只想洗个澡马上躺下。对于暂时无法寄钱回家，他还是很愧疚的，经常说老婆在家辛苦了。我说不辛苦，你在外面才真辛苦呢。我们就这样经常互相鼓励着、开导着，书信的往来也是一直没有断过的，一般是一个月两封。我相信精神的力量是无穷的。

我独自支撑着这个全是女人的家，慢慢地，许多本来应该是男人做的事情，我全学会了——比如换灯泡、修煤气灶、搬运货物……我的脑子里时刻盘算着找点什么事做做，好多挣点钱替老公分担肩上的责任，同时又能照顾好家。

在留守生活中寻找蜕变，我有了信念

虽然我只有初中学历，但我从没停止过学习，我很爱读报、看书。一次，我在旧书摊上无意中发现了一本美国女人的自传，她提出的“女人信念第一，家庭第二，事业第三”理念让我非常赞同。也许是机缘巧合，没多久，我在去接女儿的公交车上碰到了一个做这个直销品牌的女孩子。她才和我说了几句，我就主动向她要了电话——因为，我曾经非常认真地看完了那本自传，知道那个美国女人帮助无数个家庭妇女走向了成功。当时，这个直销品牌才进到中国市场来，我知道，这也许是我的一个机会——自由，可持续发展，又可照顾家人。

开始时，举步维艰。人们被非法传销整怕了，冷眼、嘲笑、讽刺，我承受过不少，再加上我的能力有限，我用了整整两个月才约到一个顾客面对面地“上课”。这个品牌讲究的是人性化的面对面服务，我这人比较较真，真是持着为顾客带去快乐与美丽这种助人之心去做的。一年的时间，我只有五个固定的顾客，收入寥寥，而我却很开心，也很充实。

这一年，我最大的收获是学会了怎样与人沟通，特别是和女儿、老公的沟通，这使我们更加亲密了。其次，是我弄懂了什么叫“自我”。我的处境时时激励着我：只有不断地追求上进，才能解放自己的一切。人家用五年所达成的业绩，我就用十年吧，我不怕。反正闲着也是闲着，与其有空在那里胡思乱想什么寂寞空虚，还不如坚持去实现一个目标呢——哪怕最后还是不成功，起码我试过了呀。

结果，我只用了三年的时间，就被总公司指派到杭州去接受表彰。当我平生第一次穿着晚礼服接受那么多人的肯定时，我哭得一塌糊涂。我给国外的老公打电话，他不敢相信我说的是真的。当我给他寄去相片时，老公说他都认不出我了。他记忆中不喜修饰的平庸的妻，变得那样自信、美丽。他说老婆你现在这么漂亮，我好担心啊。我安慰他说，傻瓜，我的世界虽然大了，但你才是我世界当中那根不倒的柱子啊。老公在电话中哽咽了，然后说他一定会更加努力，不会输给我的。

老公要与我在事业上“赛跑”，我很欣慰

开始时，婆婆并不理解我。看到我用这个品牌的护肤品时，她还挖苦过我——我知道她是怕我耐不住寂寞去招蜂引蝶。

从投身这事业的第二年起，我一直将婆婆带在身边在城里租房住，一是方便我事业的发展，二是方便照顾行动不便的她，而且女儿周六、周日往返学校也近一些。我给婆婆买了个手机，时刻保持着联系，让她一感觉不舒服就马上找我——不管我在干什么，我都会马上回来。我时刻谨记着：只要家好了，老公才会安心，我也才可以在我力所能及的范围内展开我自己的翅膀。当我和顾客说“抱歉，我得回去照顾我的婆婆”时，她们先是不解，待了解

加深后，她们对我多了一份尊重和敬佩。

我相信，人不管做什么事，人品都非常重要。也正是因为这样，我的顾客都和我成了朋友，除去生意不说，她们都是既可以互诉生活琐事与心事，又能够互相帮助的朋友。有一次我病了，还是我的顾客到我家接我，然后送我去医院、陪我打的吊针。

老公见到我的成长与蜕变，他自己也坐不住了，说也要学习。我想他挣到钱后迟早要回来的——我和女儿如果要出国，也是女儿成年后的事，因为我们希望女儿在国内读大学，然后再出国深造——于是，我劝老公自己进修工商管理方面的课程。我老公原本是个粗人，不爱看书，但他怕跟不上我，硬是把我给他寄去的几本书“啃”完了。他的吃苦耐劳和勤奋好学深得那个华侨“领袖”的赏识，现在，我老公帮他们家族管理一些生意，工资也比其他人高。

现在，我们都有能力买电脑，通过网络视频聊天了，虽然还是不能触摸彼此已经略带风霜的脸，但我们觉得我们的心一刻也没有分开过。我们的感情在时间和空间的考验下，在努力生活和打拼事业的过程中愈加真挚、坚固。下个月，已经取得合法居留权的老公会回国探亲，这一天，我们已经等得太久了。短暂的相聚后，老公还会继续出去打拼，我也依然留守国内。“相信”两个字很重要，真的，我相信风雨过后是彩虹，也相信我们彼此忠诚与思念的同时，都会有各自的海阔天空。

留守女人故事六：

留守十年，团圆梦碎

很长一段时间，我不知应该怎样讲述娜姐的故事。这是一个很老套的“痴情女子负心汉”的故事，听起来都如此心酸，站在当事人的角度，那又是怎样的一种无法承受之重？我所见到的娜姐忧愤、憔悴、虚弱，尽管我握着她的手告诉她要坚强，可这又能安慰她多少？在她的面前，还有很长的一段人生之路……

为梦想，举债送夫出国

1990年，我二十岁，也是中专毕业后的第二年。这一年，我和阿豪的感情水到渠成——我们奉子成婚了。比我大两岁的阿豪来自农村，他家的经济环境和住房环境都不如我家，我是好不容易才说服父母答应我们的婚事的。父母怕我吃苦，就把他们单位分的新房子给我们做了新房。也许阿豪那时真的很爱我，所以爱屋及乌；也许是出于感恩——总之，他对我父母很孝敬，经常主动去看望他们，替他们做好一切他力所能及的事。父母当初的担忧也放下了，逢人就说有一个好女婿。

没多久，儿子出生了。共同抚育儿子的日子过得很琐碎，但也很温馨幸福。这期间，我们俩的感情很好。在儿子三岁时，我从旅行社辞职，自己注册了家贸易公司。公司只有我和阿豪两个人，虽然每天忙死忙活的，但还勉强过得去——比打工好，起码有个盼头。儿子一天天地长大了，阿豪疼爱儿子，每天都检查他的作业，当检查出差错时，也会耐心讲解，一直讲到儿子懂了为止。在阿豪的关心下，儿子品学兼优，当上了班长，绘画还经常获奖。

这种忙碌但美满的生活一直持续到儿子九岁。我姐姐早年跟姐夫通过人才输出的方式移民到澳洲，生活得很风光。我看着我们经营几年的小公司生意平淡，便也动了出国的念头，于是我便四处筹钱，借债近十万元。我原本是想自己出国的，但阿豪自告奋勇地说，打拼应该是男人的事。最开始，姐姐不同意阿豪出国，说这样太危险。最后，在我的再三请求下，姐姐才帮助阿豪去了南美，跟她的一个朋友学做贸易。

1999年底，阿豪出国了。刚开始，阿豪一直跟家里保持着联系。由于经济拮据，我们一直是通过书信来互诉衷肠的，写得最多时，一封信有十多页信纸；电话偶尔也会打一打，但打得不多，因为国内到南美的国际长途话费太贵了。

留守生活，母子好艰辛

阿豪出国时借了那么多钱，家里的日子一直过得很清苦。我年岁大了，还需要照顾儿子，虽然我有导游证，但也不能再回旅行社当导游了。阿豪出国几年后一直没有往家里寄钱，他总是说在国外打工不容易，做生意也不容易。我就靠在朋友的旅行社做杂工的微薄工资生活、供儿子读书。

儿子快升初中了，我想给他请个家教，可是五十元钱一小时的毕业班专业补习课对我们这样的家庭来说太昂贵了。我又怕耽误孩子的前途，因此在考试前两个月，咬紧牙关将孩子送到补习老师处。所幸孩子很懂事，也很争气，最后考上了一中，分数很高——这孩子是在默默地为我减轻经济压力啊。尽管如此，每年的学费其实还是一笔不小的开销。我和阿豪商量，他说他会尽量寄些钱回来。后来我才得知，儿子没听我的话，在信中把我们的苦处都对他爸说了，希望爸爸能够替妈妈分担一些压力。在孩子开学前，我收到阿豪出国后寄来的第一笔钱，三百美金。交了儿子的学费后，还剩下一点钱，儿子对我说由他来存着，并许诺不会乱花。我以为儿子是为了存下学期的学费，就把剩下的钱存进了他的压岁钱账户。那天我下班回来，闻到家里飘着陌生又熟悉的香味，看到桌子上的汤锅里是一整只鸡炖的红枣汤，正冒着热气。我看着穿着围裙的儿子那还带着稚气的脸，百感交集，却一句话都说不出来。见我不说话，儿子怯怯地说钱是从存折里取的，因为妈妈太瘦了，平时又舍不得吃，他想代爸爸照顾妈妈。我听了，抱着他就哭起来。

江门的夏天是很热的，可为了节省钱，家里的空调和冰箱都成了摆设。我给儿子的房间打开空调，他总是自觉地关掉，还开玩笑地说蒸蒸桑拿也不错，说这样还可以磨炼意志。为了增加收入，我晚上在步行街当起了“走鬼”。一开始，我怕熟人认出我来，忸忸怩怩的。后来和小贩们混熟了，我的胆子也大了，学会了怎样和城管打“游击”。双休日做完作业后，儿子很自觉地帮我摆摊儿，从没觉得羞耻。有时，他还自己拿着和我同样的货物另摆一个小摊儿，大声叫卖，说这样挣的会多一些。这孩子太早熟了，也太独立了，我不知道这样是好还是不好。没办法啊，阿豪自从那次寄钱回来后，就再也没有寄过。我想，他也不容易，也需要时间慢慢地创业，我得理解他、相信他。为了以后儿子能出国留学，为了一家人日后的幸福生活，现在我自己苦一些是无所谓的。我想，慢慢熬吧，总有熬出头的一天。

变心丈夫
狠心一走了之

那时，我最大的精神支柱就是懂事的儿子和远方的阿豪。阿豪的信件和电话在他出国后的第三年开始变得越来越少，他对我的叮嘱也越来越不耐烦。有时难得通个电话，他也似乎不愿意多说话。凭我作为女人的直觉，我意识到，他在国外肯定出状况了。我怕搞砸好不容易坚持下来的一切，便忍着没有追问他，也没有叫姐姐请她的朋友去求证。现在回想起来，真是“忍字心上一把刀”啊!

阿豪一共回国探亲过两次。第一次是出国后的第二年，他回来了半个月，一家人重新团聚很开心，也让我对留守生活充满了信心。第二次是出国后的第四年，那次他回来，我发现他的穿戴变得很讲究，他也变得很爱慕虚荣，而且回国第二天他就接到一个女子的电话，问他什么时候返回南美。后来阿豪再接电话时，干脆躲到卫生间去接。

阿豪对我和儿子的态度，和以前相比也是判若两人。儿子稍逆他的意，他就会大打出手；我下班回来，他总是故意找碴儿与我吵架。类似的事情还有很多，反正他就是摆明了厌烦我们母子的态度。这种吵吵闹闹的日子也没能维持多久——几天后，他再一次接到那个女子的电话，然后又和我吵了几句，之后就干脆一走了之。他这一走，就再也没有跟我们一家人联系，没写过一封信，没打过一个电话，也没寄过一分钱，而那近十万元的债务却由我来承担。

后来，我姐姐发动朋友帮忙也没找到他。他和那个女人是有心避开我们的寻找的。国外那么大、华人那么多，我们要上哪儿去找呢？面对姐姐的数落、父母的白发、儿子的乖巧，这时的我真是欲哭无泪啊！

又过了两年，祸不单行。在身心长期压抑、内分泌失调及经济的巨大压力下，去年我被查出患有严重的宫颈癌。亲戚朋友们凑齐钱给我做了手术，姐姐的朋友也在哥伦比亚发现了阿豪的踪迹。当我抱着仅有的一丝希望，躺在病床上给他打电话时，他不仅不安慰我，还叫我死快点儿。我痛哭失声，那些曾经的夫妻情意都哪儿去了？

漫漫的跨国离婚心酸路

手术之后，我看到了那个被切除的肿瘤，足有拳头大——那全是我的劳累与怨愤累积而成的啊！我想，我这场名存实亡的婚姻，不就像这个肿瘤吗？切了它，我才会有第二次健康的生命，不是吗？

我把儿子叫到病床前，对他说我打算和他爸爸离婚了，问他有什么想法。儿子趴在我的胸前哭泣，我也哭了。没想到儿子后来说："妈妈，离吧，他不配当你的丈夫，也不配当我的爸爸，等我长大了，我要到国外去杀了他！"我听了这句话，非常震惊，最后不得不求助老师对他进行心理辅导。儿子不想我担心，反过来安慰我不要多想，他说他只是说说气话。但我知道，这场婚姻对孩子的伤害已经造成了，而且还很深。

由于是跨国离婚案件，程序很复杂，审理难度大，审限延长。有些法律文件需要法院通过外交途径送达，由基层法院通过市高级人民法院再经过外交部，转到阿豪所在国的大使馆，或者由所在国的大使馆转交。在文件送达的过程中，一些法律文件好不容易被送到了阿豪的所在国，可只要外文拼写中稍有差错，已经送达的法律文件就会全部被退回。而且阿豪为了躲避我们的寻找，地址经常变。拖了近一年，我们的离婚案件也没有正式的下文。

更加让我接受不了的是，当文件传送到国外的时候，竟然还要由我来承担费用。那个“陈世美”独自在国外潇洒，婚都要离了，却还要我这个受害方出费用？阿豪是断然不会回国来和我办离婚手续的，他也不会主动在国外按国际“司法协助”条约来签订文件。直到去年年底，法院终于给了我一纸判决书，解除了我和阿豪的夫妻关系；至于他在国外的财产，国内的法院查证不了。对于这件事，我早就不心存幻想了——他的良心早就被狗吃了！

回顾这十年，是我不堪回首的十年。我觉得这十年我老得特别快，比同龄人看起来起码要老五岁。姐姐和父母都不希望我再像以前那样活了，他们不允许我再去当“走鬼”，也没让我去上班。父母都老了，需要人照顾，姐姐叫我去当父母的“保姆”，她来付给我工资。但那十万元的债务，虽然亲戚朋友没有追着要，可我始终是要想办法还的啊！儿子眼看着就要考大学了，姐姐总安慰我说她会帮我，可那毕竟不是长久之计，我也不想为了我的家事影响她跟姐夫的夫妻感情。还有我这身体，癌细胞说不定哪天就扩散了……我甚至不敢在儿子面前表露我的忧愤和怨恨，生怕影响他的身心健康——我真怕这孩子会怀着仇恨成长……

留守女人故事七：

何去何从，那被算计了的婚姻

夏天的一个中午，我接到一个陌生女孩的电话。她说看了我写的关于留守女人的故事，觉得自己压抑了多年，想找个人聊一聊——不然她会疯掉的。我大致问了她一些情况，她就抽泣起来。然后，她说此时她的思绪很乱，我们便约好了晚上采访的具体时间。正如她白天在电话里自己形容的，她真的很漂亮。像她这样温婉姣美的女孩，该是多少男人梦寐以求的伴侣啊！她讲述的一切，总让我觉得应该是哪个蹩脚的编剧乱撰的悲情电影情节，而她滚落不止的泪水，却有力地证明了：那一切都是真实的。出于对主人公的保护，文中不提及任何相关的地点与背景。

没有温暖的家，让我早恋又早婚

其实我平时根本不看报纸，是我的一个同学告诉我《江门日报》上开始刊登关于留守女人故事的文章，我才找来看的。看完以后，我感触很深。可以说，我一直压抑在心里的东西，被那些姐妹的故事牵引出来了——因为我也是一个留守女人。你想不到吧，我才二十三岁，可是已经当了五年的留守女人了，并且还有一个四岁多的儿子。

我父亲以前是代课教师，由于家穷无房，兄弟又多，他快四十岁的时候才娶了我母亲，母亲在四十二岁那年生下了我。父亲并不满意我这个女孩，只是因为年龄等原因，才勉强不再逼迫母亲生儿子。父亲的脾气不好，动不动就骂我和母亲。母亲没有工作，是个很温顺的外来女人，她极少反驳父亲。或许就是因为在这样的环境下长大，所以我的性格有点像逆来顺受的母亲。

在早恋之前，我的童年和少女时代都是循规蹈矩的。在初三那年，我早恋了。原因是我觉得那个大我两岁的外地男孩阿辉很关心我。他初中毕业后就去学了理发的手艺，在镇上的一个理发店里工作。为了逃避没有温暖的家，我经常逃学跑去找阿辉。阿辉并不赞同我的这种做法，每次他都“扭送”我回学校。但纸包不住火，家里还是知道了。父亲这时已经退休了，可他的脾气还是很暴躁。我清楚地记得，他打我的木棒有小孩的拳头那么粗。虽然他一直对我不亲，可从没打过我。我对这个家彻底失望了，于是不顾母亲的哭叫和挽留，毅然决然地离开了家。

阿辉没有自己的住处，他不过是借住在老板家。阿辉并没有乘人之危留下我，而是劝我不要冲动、不要休学。后来，阿辉还陪我回家向父亲认错，可父亲把他也打了。母亲见我回来，跪在地上拉着我死活不让我走。阿辉答应了父亲的要求——不与我来往。

中考在即，我硬着头皮回到学校，成绩向来不错的我最后考得一塌糊涂。

后来，我没再继续读书，而是在镇上的一家外资企业打工，和阿辉也恢复了联系。他从老板家搬了出来，在外面租了个小房子。我觉得自己已经成年了，可以为自己的事做主了，便又开始和阿辉交往。当这件事又传到父亲的耳朵里时，父亲被我气得脑出血发作，幸亏抢救及时。看到父亲躺在病床上奄奄一息，看到他满头的白发和瘦削的脸上的那些皱纹，我才意识到父亲已经如此衰老了！

出院后的父亲行动不便，脾气变得更差了。不过，他可没闲着，四处让人给我物色对象。迫于压力，我接受了一次又一次的相亲安排，终于有一个归国的华侨相中了我。父亲大喜过望，一口答应了婚事。我强烈反抗，父亲又一次入院。母亲哭着对我说父亲不能再受刺激了，不然命都保不住了。我知道，他们虽然不是我梦想中父母的样子，但我的身上流着他们的血液——从骨子里，我是爱他们的。为了让父亲好好地活下去，为了让母亲不再流泪，我向阿辉提出分手，接受了父亲的安排。

嫁作华侨妇，几多欢喜几多愁

阿南那年三十五岁。他高高瘦瘦的，长得很精神。他十七岁就跟姐姐出国谋生，媒人说他忙于事业又没碰到合适的，所以才一直没有成婚。阿辉一直不相信我会真的离开他，毕竟我们一起经历过那么多考验。直到举行婚礼那天，他还提着酒瓶子在我家附近不停地唱着《心雨》。后来听人说，他曾在路口等着我的婚礼车队经过，但是被父亲一早安排的人给拉走了。

就这样，我十八岁就嫁作华侨妇，从相亲到结婚，刚好一个星期。阿辉在我们举行婚礼后的第三天，就永远地离开了小镇。不管我是真愿意还是假愿意，我都是阿南的妻子了。开始时，阿南对我和我的父母确实挺好的，出手很大方，再加上他家给的丰厚礼金和亲友馈赠的贵重金银首饰，惹得亲戚与邻居们艳羡不已，父亲的脸上也有了笑容。这多少消减了一些我被迫离开阿辉的痛苦。

新婚期间，我不敢在阿南面前表露出我的伤感。我和阿南表面上幸福甜蜜地度过了两个月，他又要出国去了。他们三姐弟在南美的一个小国家经营着一家大型超市，听说马上就要开分店了，因此得赶回去筹备。送他登机时，我并没有多少离愁别绪，但我还是觉得惧怕，因为今后我得一个人在家照顾四个老人。我刚刚以失去最爱的人为代价嫁了另外一个男人，现在这个男人又要走了，重洋远隔，不知何时能再相见，也不知等待我的到底是什么。一想到这些，我的内心就更恐惧了。

公公八十出头，婆婆也七十多岁了。公公在生活自理方面越来越困难，婆婆还好些。可我一个十八岁的姑娘，懂什么啊？许多生活上的东西我不懂，婆婆便慢慢地教我——说难听点儿，就是支使我。阿南经常打电话回来，总是先让婆婆和公公听一会儿，才叫我接听。他几乎不说情话，大多是问我公公和婆婆的事，偶尔问一句："想我了吗老婆?"那语气很淡，没有一点儿男女间的脉脉温情，和他在国内陪我时判若两人。如果不是墙壁上的豪华婚纱照提醒着，我还真不相信他就是我的老公。

在他走后的第二个月，我有了早孕反应。公公和婆婆知道后高兴极了，不再指手画脚地叫我干活，我这才发觉，原来婆婆的手脚是那样麻利，一点儿老态也没有。她经常念叨着什么"菩萨保佑王家有后"的话。知道我有了身孕，阿南也非常高兴，嘱咐我好好养胎，要听婆婆的话，不要乱跑乱动。他的两个姐姐几乎隔天就给我打电话，比阿南还上心，还不断地寄回来许多昂贵的营养保健品让我吃。

怀胎十月，真的很辛苦。婆婆立的禁忌涉及衣食住行，多不胜数，连我想去医院探望我父亲也不行，说这样对胎儿不好。母亲经常来陪我，婆婆不高兴了，私下对我说少和命弱的人接触。我说他们是我的父母，怎么就不好了？婆婆向阿南告状，说我仗着肚子里有王家的血脉，敢顶撞他们了。阿南便在电话中责怪我。幸好两个姑姐打电话过来劝慰我，说她们知道父母的脾气有点儿怪，叫我别和老人一般见识。临近生产时，我才开始深切地思念阿南。我叫他回来陪我，我需要他在身边。开始时，他说忙，走不开，可能回不来。第二天，两个姑姐打电话回来，说他一定会回来陪我的，她们会想办法让他回来。

在临产前的一个星期，阿南回来了。面对他，我觉得是那样陌生。可这个男人确实是我孩子的父亲，骨血相连，这让我没有缘由地选择信任他，并享受着他稀有的关怀与照顾。在阿南的陪伴下，我顺利地诞下了一个八斤重的男孩。

真相大白后，我该何去何从

孩子满月时，两个姑姐回来了，带回来许多送给我和孩子的礼物。满月酒后，阿南急着要出国去，但被两个姑姐拦了下来，让他乖乖地在家多陪我，说工作方面她们会安排好。他对我和孩子还是不错的，但他答应姑姐时那一闪而过的不甘愿，总让我心生疑窦——他为什么要急着离开我们母子？

一天，我看到他的手提电脑没关，就顺手打开了他的电子相册，看了许多他在国外拍的照片。其中有些是我早就看过的，有些却没有见过。我发现有一个文件夹设置了密码，里面是什么呢？他上楼来，见到我在翻看他的电脑，有点儿气急败坏地喝道："你在干吗？"然后一把扯起我推开。我打了几个趔趄倒在地板上，委屈得想哭。他忙过来扶起我，解释说他在国外待的时间久了，不习惯别人探究他的隐私——夫妻也一样。这更加深了我的疑惑。趁他一次外出办事，我打听到一家电脑公司的电话，出高价偷偷地请了一个师傅上门来帮我破解密码。

结果你猜我看到了什么？我看到了无数张他和一个外国男人亲密无间的照片，我没有晕过去，却恶心得呕吐了。公公婆婆正在午睡，孩子也在床上睡得很香甜，而我却盘着腿坐在沙发上发抖，直到他回来叫我，我还是抖个不停。他问我怎么了，我看着他，又是一阵吐，然后剧烈地抽泣。他看到没关的手提电脑，知道我看到了他的秘密。他默默地坐在我的对面，很长时间什么也没有说。我哭累后，问他这是为什么。他便艰难地向我解释，他说他一直不结婚是因为他喜欢的不是女人，家里的人为这事不知操了多少心，父母以死相逼，姐姐以财产相要挟，他才迫不得已回国相亲。我问她为什么是我。他说我五官标致，生的孩子会比较漂亮；还说我性格温顺，会服侍好父母和照顾好家。

原来，我的功能不过是传宗接代和做保姆，而不是做一个妻子和伴侣！我真的无法接受这样的事实，我说我不相信。他说你可以问我爹妈，也可以问我两个姐姐。我马上拨通了两个姑姐的电话。说实在的，两个姑姐挺善良的，见我知道真相后，都向我道歉。可是这有什么用？我的一生，就这样毁了啊！两个姑姐说国内没有人知道阿南的事，在国外阿南也很注意，只和那男人私底下来往，她们能想的办法都想了，都改变不了，本以为他结婚生子后会好起来，可是……我听不下去了，我真希望这一切不过是在看一场电影，不是真的……

我问，那我怎么办。阿南说他会一辈子对我好。我问他可能吗，知道怎样才是真的对我好吗？他问我想怎样。这一问，就把我问住了。他的二姐怕事情闹大了，又打电话来安慰我，还说她马上订机票赶回来。后来，她二姐给了我一张书面的承诺，也算作协议吧。协议要求我不能向任何人透露真相，我如果继续留在王家抚养孩子，阿南那部分财产将属于我（实际上，为了牵制阿南，两个姑姐一直没有让阿南掌握经济上的实权），孩子会有另外的一份，在市区新买的那套房子也将转到我的名下作为保障，但我们必须补办结婚登记手续。如果我要离开，他们会理解，也会给我一部分补偿，但孩子绝对不能带走。我思前想后，接受了这份协议。

这样一晃就过了几年，如今孩子都四岁多了。这“一晃”，对我来说真是度日如年啊！虽然我现在爱怎么花钱就怎么花，并且继续接受着别人羡慕的眼光，可是我的苦无人能知、无人可说。这期间，阿南也偶尔回国探亲，可是我却再也无法和他睡在一张床上了。他对我比以前细心殷勤多了，公公婆婆也是，他们都对我好得不得了。其实大家心知肚明，他们不过是心中有愧，心虚吧。如今，摆在我面前的路不外乎三条：一是出国和他在一起；二是继续留在国内；三是离开这里，结束这桩不人道的“交易”。可是这三条路对我来说都难以抉择。如果出国，我要怎样去天天面对一个同性恋的老公？如果继续留守，难道我要这样压抑着过一辈子？至于离开他，我怎么能舍得下可爱活泼的孩子？又怎么向年迈的父母解释？每天，我几乎都要翻来覆去地想这几个问题，可是一直都没有答案。真不知道我未来的路要走向何方……

留守女人故事八：

真心爱我就请娶我，带我出国

其实我一直都相信，这个世界上没有纯物质的女人，也没有纯精神的女人，大多数是两者相结合的女人，只是因生活环境与人生观的影响有所侧重才表现得不同而已。一个女人，当她偏向物质时，我们没必要谴责她；当她追求精神时，我们也无须歌颂她。人有时就是这样，兴高采烈地活着比什么都重要。实际上，凡俗生活的暖香，才是每个女人最贴心的棉袄。多少经过繁华与败落的女人，到最后才发觉，爱情对女人最高的奖赏，只有婚姻。这些感悟，是采访完阿燕后，从心底实实在在地渗出来的。二十八岁的她，喋喋不休地重复着……

我觉得，我已经是个“老女”了

我觉得我已经是个“老女”了。真的，今年我已经二十八岁了。在这个沿海小城，二十五岁未嫁就要被叫“老女”了。而相思又催人老，如今照镜子，我真是发觉女人的容颜是一日不如一日了。哪有女人不怕老的？特别是像我这种还没找到归宿的小城市里的女人！

要说归宿，也许我应该算是有的。我深深地爱着一个男人，他是我精神上的归宿。加上他未出国的那一年，我们在一起快七年了。要是当初他出国前我们就结婚，现在孩子都上幼儿园了。可惜的是，我们到现在也没有结婚。

实际上，除了还没有拿到那张具有法律效力的证明，我们跟结婚也没什么区别——在他出国前，我们就已经同居，并怀过一个孩子。那时真傻，为了不影响他，我竟然主动将孩子打掉了。一想起这个，我就后悔。如果当初我坚持把孩子生下来，也许现在就是完全不同的境况了。

江门是著名的侨乡，这大家都知道。他家许多人都在国外，中专毕业后，他家就将他送出国，让他在他堂哥的快餐店帮忙。可是他嫌辛苦，才一年就回来了。有一次我在路边的水果档买苹果，他在选西瓜，当我正要付钱时，他当着老板的面告诉我那老板趁我不注意时将两个烂苹果放进我的袋子里了。

我们就这样认识了。当时我在一家通信公司当接线员，下班时还穿着工作服，他知道我在哪儿工作后，经常去公司楼下等我下班。经过一段时间的接触，我发现我们志趣相投，都喜欢看小说、看电影和做运动，于是我们便经常一起去爬山、打羽毛球，一起租小说看，一起看电影，一起讨论。我们都是彼此的初恋，对这份感情很珍视。他的家人都在国外，只有他奶奶在国内，相对来说，他是比较自由的。也许正是因为这样，我们才会那样明目张胆地同居吧。

我说，是你娶我，又不是你妈娶我！

在同居的日子里，我和一般的小媳妇没什么两样，买菜、做饭、洗衣、拖地，并觉得这样很幸福。老实说，那时真年轻，没认真地想过以后该怎样，只觉得两个人这样相爱着就够了。

他奶奶很喜欢我，对我像对待亲孙女一样，说我懂事、孝顺。可我并不知道，原来他和奶奶都没有告诉国外的家人有我的存在。直到有一天半夜，我接了他妈妈从国外打回来的电话，她在电话里大声责问我是谁，怎么这么晚了还待在她家。我说我是他的女朋友，我一直住在这儿。他妈妈立刻让他听电话，并在电话中不停地责骂他。

那个晚上，我和他的心情都不好。后来他说他迟早是要出国的，他父母不可能让他一直一个人在国内玩。

其实，他并非是一个饭来张口的人，他有自己的追求，只是不愿意出去接手家族的生意而已。他很喜欢动漫，而且做得还不错，一直在网上做兼职，挣的钱也够零花的了。他并不是个浪费的人，父母给的钱他几乎没怎么用过。

我问他，你要是出国了，那我怎么办？他抱着我说，他会想办法带我出国的。我问他真的吗？他说要是骗我就天打雷劈。恋爱中的男人和女人就是这样，净说些让别人听了都觉得好笑的话。但是，我相信他说的是真的。

那年春节，他的父母和姐姐都回来了。他们对我要么就表现得非常不友好，要么就当我不存在。为了他，我好脾气地包容着，尽我最大的努力让他们接受我。可是没有用，他妈妈在过完年要出国时，单独找我谈话。她说她是不可能让她儿子继续和我在一起的，现在正是他立业的时候，许多东西他都得学，而她家的儿媳妇，必须要选个她满意的才可以真正进她家的门。我问她为什么对我不满意。她轻蔑地说农村人都比较贪心，到时娶了你，还要照顾你在乡下的那一大堆亲戚，我们何苦？然后还举了她所知道的几个例子。我说我家不会，我父母都是很善良的人。她又说你也很善良，这点不错，可你的八字和他不配，会对他不利。然后，她求我离开他。

那天，我在房间里哭了很久。他不停地安慰我，说他也做了不少工作，可他妈妈是个顽固的人，一时是很难改变的。我说是你娶我又不是你妈娶我！他什么也没有再解释，只是不断地重复说他是真心爱我的。

我说，
你出去证明给他们看！

春节过后，他的父母和姐姐就要出国了，强迫他跟着一起走。他死活不肯，他妈妈气得把账全都算在我的头上，对我更没好感了。后来，他妈妈看到他实在是很爱我，也不想把事情弄得太僵，就把期限放宽——他们先出国，而半年后他必须也出国；他可以不必在他堂哥的快餐店里工作锻炼，去了直接管理他家的中餐馆。

在这半年里，我和他几乎朝夕相处，心也贴得更近了。眼看离他妈妈给的期限越来越近，我试探地问他不走行吗，反正你能养活自己，我也能工作。他说那毕竟是他妈妈和他家的事业，而且家里只有他一个男孩。我又问他，那我怎么办？他说冰总会慢慢融化的，让我给他妈妈时间。

这时候，我发现我怀孕了，忐忑不安地告诉他。他很惊喜，然后说咱们结婚吧。我说那你妈妈呢？他说他跟她说。

结果他妈妈说，他才二十一岁，不可能这么早就结婚。他什么都没经历过，怎么当一个顶天立地的男人？就算他现在和你结婚，他懂得什么叫责任吗？而你，口口声声说爱他、希望他好，可你这样就是在拖累他，让他无心上进。好吧，你们真要结婚，那就结吧，不过我要你记住：我的儿子就是你给毁掉的。你们结了婚，就别叫我"妈"了，我就当没有这个儿子。我把他交给你了，希望你好好照顾他。

我毕竟年轻，忘记了他妈妈是一个精明的商人，非常懂得措辞和心理战。她这番话确实将我唬住了。我思前想后，觉得我们还真不应该这么早就结婚，也不应该不鼓励他上进——我不希望他和他的全家以后都怪我。

于是，我主动要求把孩子打掉。为了这事，他难过了好多天，说以后一定会好好地补偿我。

他妈妈知道后，给我们汇了一笔钱。他全给了我，让我多买些营养品吃。

一个月后，他妈妈关心地问我身体好了没有，我说早就好了。她这样问，是想心安理得地催促她儿子出国去。

我也不希望他夹在中间受苦，开口说要不你先出国吧，咱们的事情慢慢来。他说他舍不得我。我说你出去证明给他们看，你不是个不能吃苦的人；我也证明给他们看，我是一个怎样的好女人，我们是怎样的相爱。

没多久，他终于一步三回头地上了飞机。后来他说，他总忘不掉那天我脸上肆意的泪水。

日子，
年复一年地煎熬着

他决定向现实妥协，放下了他从事动漫设计的理想，一心一意地学做生意。他刚刚出国的那段时间，我们彼此都不习惯，几乎每天都通电话，一般是他打给我。我经常在电话里说着说着就哭起来，他也哽咽起来。他叫我回他家把电脑搬走，接上网线，这样我们就可以视频通话了。

他出国后，我就从他家搬回单位宿舍了。为这，我没少遭受同事的取笑和白眼，听到的闲话也很多，但我没心思去理会。那天我去他家，他奶奶见到我非常高兴，说她一个人在家好闷，叫我搬回去陪她一起住。我说这样不好。但她硬是这样要求我，还给他打电话。他妈妈知道了，当然不同意。虽然这是我早就料到的结果，可心里还是很失落。

我答应有空会去看他奶奶，而且我也做到了。从他打回来的电话中，得知他妈妈为这事表扬过我，我心里有了莫大的安慰。也许，这块冰真会有融化的时候?

于是，对于这没有名分的留守生活，我有了一些信心。

半年后，他按捺不住对我的思念，回来看我了。他妈妈的想法是，只要我们不正式登记结婚，先随他去。她自以为了解她的儿子，以为他玩着玩着就会厌了，像他曾经花尽心思得到的无数东西一样。

他回国那天，我到广州机场接他。一见面，我们就在大庭广众之下拥吻起来，一点也不觉得羞。那种相思，太刺痛人心了。

如果忽略他妈妈的催促的话，这一个月，我们过得还是很甜蜜的。他又要走了，我又哭成兔子眼。

他妈妈怕他将钱全挥霍光，一直没有将财政大权交给他，钱是他妈妈在管。这些我不在乎，只要他在国外“建功立业”的同时，心中依然有我，他能记得回来看我就够了。他一般都是隔半年就回来一次。出生在农村的我，有时不免觉得心疼，那些买机票的钱，都顶得上我工作十年的工资啦！

我们就在不断的离别、相聚和折磨人的相思中，日复一日、年复一年地煎熬着。

企求，我的傻最终能修成正果

是的，所有的人都说我傻。

在这期间，他依然没有给我一个肯定的承诺。我知道他骨子里是个孝子，而且本性有些怯弱。让他完全不顾亲情，他是做不到的。他的姐姐曾经暗中劝过我，说她和她爸爸都知道我会是个好媳妇，可她妈妈在家里历来是个武则天般的人物——她妈妈的娘家有钱，她爸爸是上门女婿在家没地位，任何人也不能与她妈妈抗衡，她叫我为了自己的终身幸福，还是别等下去了。

他姐姐说这话的时候，我二十五岁，已经在国内等了他三年。由于我们每隔半年就相聚一次，而且一聚就是一个月，就像学生放寒暑假一样，再加上我们的感情并没有变淡，我觉得这种状态也没什么不好。我不想逼迫他，也不想要一个没有他亲人祝福的婚姻。

在这期间，也有别的男孩追求我——毕竟我长得还可以，性格又温柔可爱。我坦言告诉对方我有一个将要结婚的男友在国外，我在等他带我走。有的男孩与我也成了朋友，随着时间的流逝，他们会问我什么时候结婚、他什么时候回来带我出去。我家里也开始不断地问，还不断地催促我去相亲，另外嫁个好男人。

这时我才明白，原来是大家都觉得我在变老了，只有我自己不知道而已。家里问得多了、催促得多了，我烦不胜烦，便将闷气撒在他身上。我知道他是不可能回国内来安居的。在电话和视频聊天中，我开始不断地问他这些摆在我们之间的再现实不过的问题：什么时候娶我，什么时候带我出去。他总是让我给他和他妈妈时间，并一再保证不会辜负我，会爱我一生一世。

他确实很爱我，这一点我是确定的。即便他人在国外，每到节日，他都会寄给我许多礼物，还汇一些钱让我交给我的父母说是他的心意。直到现在，他还是这样，每天至少一个电话，天天保持视频通话，偶尔寄些让我惊喜的小礼物，大约半年回国一次。

后来我了解到，每当他提出和我结婚时，他妈妈就寻死觅活的，要不就声称要断绝母子关系，做得像真的一样。有一次，他妈妈还真的用刀子划了自己的手，把他吓坏了。我真想不明白，现实中怎么会有这么不可理喻的女人和母亲？她的心是石头做的吗？在国内，我把她的婆婆当亲人一样照顾，我如此专一、忠诚地守候着她的儿子，难道她一点儿都不觉得感动？

他还是安慰着我，让我对他有信心，叫我安心地等他，他说他会给我一个交代的——等他在家族企业中掌握了大权，等他真正独立自主的时候，我们就结婚。可是，那要等到什么时候？只怕等他妈妈那块冰融化了，而我早变成了冰。

我今年已经二十八岁了，眼角开始有细纹了。我已经将整个青春都用来燃烧爱情了，难道还要把整个生命都用来怀疑爱情？我的信心确实不足，却又不甘心放弃。这些年来，他送给我的礼物和钱在数量上都非常可观，换作以前我还真不稀罕，可现在这些东西竟然多多少少地安慰了我，而且偶尔他问我想要什么的时候，我也会提一些贵重的。不是这份感情变了质，而是我害怕等他最后给我一个交代时，却是告诉我“我们不能在一起”——那我总不能输得太惨吧！他所说的爱，会经得起多少时间与阻碍的考验？他要是真心爱我，就请娶我、带我出国！

要知道，爱情对于女人最高的奖赏，是婚姻——只有婚姻！

留守女人故事九：

本分生活，默念团圆

姚姚长得真如她自己描述的一样：挤在人群中就像隐没了似的普通。她嘴角常挂着恬淡的笑意，我想，这应是她对留守生活最好的诠释。再听她平实的述说，我却又惊叹于她对生活的理解。对于留守女人与留守生活，她有许多自己的看法。她说，其实不管是留守还是相守，都是生活，同样要怀着“过好当下”的健康、平和、开朗的心态。

学会接受与承担

看了几期“留守女人的苦与乐”，写的大多是比较典型的故事。我就想，许多留守女人其实都很普通。说“苦”，难道相守就没有苦吗？说“乐”，难道相守就全是乐吗？这个“苦”与“乐”，关键还在于国外的男人和自己是不是依然心心相印，是不是在为一个共同目标而努力，还有就是留守国内的女人心态是不是坦然、豁达。这所有的前提都是——首先你得是一个善良的人。

我的生活和一般的已婚女人没什么两样，唯一的区别就是先生不在身边。有一些留守在国内的姐妹最耿耿于怀的便是这一点，时日一久，她们对先生总是心存怨气，就算没真的抱怨出来，也会在心里抑郁，甚至红杏出墙。实际上，在她们决定放自己的男人或者怂恿自己的男人出国去谋生计时，这就是必然要面对的现实。如果连这个现实与寂寞都面对不了、承受不住，那么，留守的意义何在？要知道，在现实生活中，鱼与熊掌是不可兼得的，你想要迫切地得到某一样东西，就必须付出同等代价的另一样东西。

再说，我们放自己的男人出国去，是为了什么？不就是为了改变现状、改善生活吗？我们这种平常夫妻绝大多数的心态是“在国外辛苦十年，好过在国内庸碌一辈子”。那么，在这段分居留守的日子里，作为留守女人，我们除了学会接受与承担，别无他法。

男人在国外打拼也不容易，他要是一个善良的、有责任的人，自会为了共同的目标而倍加努力。假若他真要变心，对国内的姐妹们来说，那确实很不幸。这种男人本质就不好，就算人留在国内，倘若某一天他有机会发达了，同样要变心。

我认识的留守姐妹很多。像“留守女人故事二”中那个阿梅一样耐不住寂寞去找情人的留守女人确实不少。其实，留守女人之所以还能保有一纸婚姻，一般有两种情况：一种是丈夫在国外有了别的女人却又“慈悲”地不抛弃结发妻子，一种是丈夫在国外辛苦拼搏却依旧忠贞。所以，对于留守女人找情人这种事，是非对错不好评说。不过，要是国外的男人有了另外的家却又一直没有寄钱回来，夫妻情分名存实亡了，这样的留守姐妹找情人，我倒是很同情的。像“留守女人故事五”中的阿芬那样在艰苦的留守生活中自强不息地取得事业成功，实在很难得，她是我们留守女人的骄傲，她的自尊与自强是我们所需要的。也许，不可能每个留守女人都能像她那样优秀，但最起码要在国内守好自己的本分。耐着寂寞，独自承担，本分留守，这才是侨乡留守女人的主流写照。

被贫贱夫婿
宠爱着的小女人

还是说说我的故事吧，尽管平淡，但它代表了五邑地区相当一部分留守女人的生活。十年前，我经朋友介绍与老公阿海相识。交往半年后，我们就登记结婚了。阿海家在新会农村。他长得很精神，勤恳踏实，话虽不多，可他总是默默地将我要做或者没想到要做的事情做好，对我父母也非常孝顺。我一直很知足。我也是农村出身，高中没毕业就出来打工了。我长得并不出众，也从没想过嫁给有钱的城里人，我需要的是一个像阿海一样的好男人。

我们俩在会城打工所挣的钱，扣除房租与日常生活的开支后，根本赡养不起两家的四个老人。想到即将出生的孩子还有更多的花费，我才明白生活真是残酷的。那时，阿海每天从工厂下班后，还要开着他的二手摩托去载客。运气好时，一天可能有三四十元的收入，但大多数时候只有十几二十元，再去掉汽油费，也就所剩无几了。回到家，阿海还主动将一些重活做好——除了做饭，他不让我干别的活。每次我心疼他太过劳累，他都笑呵呵地说挣得一元是一元，奶粉钱贵着哩。看着他黝黑的脸，我知道我当初决意嫁给他的选择是正确的，他是一个有担当的男人。

孩子出生后，我没法工作了，只靠他一个人赚钱撑着整个家。我胖了，他却明显地瘦了，但他还是乐呵呵地从不说苦。我清楚地记得，从我怀孕到孩子三岁前，他从没给自己买过一件衣服。有一次，我给他买了一件八十块钱的外套，他生气了，非要我带他去退掉。老板不肯退，他就给我换了一件粉红色的棉袄。这件棉袄，直到现在我偶尔还会拿出来穿。

当时，我不是不想去工作来减轻他的负担，而是我的父母和他的父母都年事已高，手脚都不那么利索了。我们两家的父母不但不能帮我们照看孩子，还需要我们经常回乡下去照料他们。我有个不中用的大哥，染了毒瘾之后出事不在了；而阿海的两个姐姐嫁得都比较远，一年才回娘家探亲一次。

公公和婆婆很想跟我们一起住，我的父母在乡下也很孤苦。我最大的愿望就是把四个老人接到一起，可我们在会城租的房子只是窄小的一室一厅，哪安排得下呢？我们做梦都想在城里有一套自己的房子，但对于那时的我们来说，这真的只是一个遥远的梦啊。可人活着没有梦想怎么行呢？有了梦想才会更加努力呀！

在孩子四岁时，我和阿海商量把孩子送到幼儿园，我重新去工作。他不同意，非要我带孩子到六岁。他说他一个人能行。

体味到
留守生活的本质

就在这时，阿海偶遇了一个初中时要好的同学，这个人在某人力资源机构工作，说他们正在招一批劳工到韩国去打工，是正规的渠道，各种权益都有保障，待遇相比国内要优厚得多，而且不用自己花钱办手续。那天晚上，阿海忐忑不安地对我说他想出国去打工，我什么也没有说。我们俩都失眠了。天快亮时，他说老婆我听你的，你让我留下我就留下，你让我出去我就出去。我说你去吧，给咱们挣套房子回来！我没哭，他倒先流泪了。

阿海是个不善言辞的人，我知道这眼泪的含义。他舍不得离开，可作为一个男人，他肩负着的责任又让他不得不对生活作出妥协。我叫他放心，说我会照顾好孩子和老人、守好这个家。

从决定到出境，前后只有一个多月的时间。由于种种原因，我没能到机场送阿海。和其他家属一样，我送他上了去白云机场的大巴就哭着回家了。开始那几天，我经常抱着孩子流眼泪，可我不敢告诉他，我得先假装坚强，然后才能学会坚强。我这个被老公呵护惯了的小女人，从此得独自品尝留守生活的酸甜苦辣了。

不知道为什么，自从阿海出国后，孩子的体质就变得很弱，经常生病，有时一个月得跑几次医院。我想有孩子的年轻母亲都会了解那是怎样的一种苦，这种时候是最需要男人在身边的啊。阿海打电话回来问我过得好不好，我总是说我很好。可有一次大半夜的，他打电话回来，我正抱着孩子在医院输液，我终于忍不住对着电话哭起来。阿海在那边讷讷不得言——他比我还难过啊。于是我又后悔自己的脆弱。阿海向工友借了一些钱给我汇回来，叫我给孩子和自己增加营养。从不说甜言蜜语的他，在电话中哽咽地说他永远爱我。

孩子就在生病与痊愈的反复中，像豆芽菜般地成长着。等到孩子五岁时，我将她送去了幼儿园，然后把城里租的房子退了，搬回乡下和公婆一起住，有时也接我的父母过来住一段时间。那时，婆婆的身体每况愈下，眼睛完全看不清东西，幸好公公是个好脾气的人，经常帮着照看她。其他所有家务就全落在我一个人身上，可我一个女人，真无法再耕种那三亩水田，只好荒着了，不过门边的菜地倒是坚持种着。

阿海在一家汽车制造集团工作，从他的来信与电话的片言只字中可以感受到，他是拼了命地埋头苦干的，但他从不会向我诉苦。我闲暇时间学会了绣十字绣，将绣好的成品寄回给十字绣的店家，换取手工费。从开始时两个月完成一件小作品到后来一个月完成一件大作品，手工费也从开始时的二十元到后来的几百元。钱虽不多，一年加起来也就两三千元，但起码我可以独立解决孩子幼儿园的伙食费了。我就是从这里体会到留守生活的实质的——留守生活是一个循序渐进的过程，很漫长，但总是会离目标越来越近，离相聚越来越近，离美好的生活越来越近。

孤注一掷，只因为相信

对于男人与感情，我的信心其实并不是很足。人心是复杂的，感情是脆弱的。在影视剧中，韩国的形象确实给人许多误导，身边的一些熟人经常开玩笑地问我：如果阿海被漂亮的韩国妹拐跑了怎么办。可我对阿海却是绝对的相信。夫妻是什么？夫妻就是你相信我、我相信你，大家一起共风雨。

留守期间，我们并没有什么惊天动地的故事。我日复一日地重复着几乎一成不变的生活——接送孩子、照顾老人、料理家务、浇浇菜地、绣十字绣、思念阿海，既孤单又充实。有时我也会有怨气，但那都只是一瞬间的情绪而已。孤单也好，怨愤也好，劳累也好，都是我应该要承担的。

阿海比较争气，在韩国打工一年后，就学会了简单的韩语，当上了生产组长。他们是轮流回国探亲的，一年有一次假期，每次一个月。开始那两年，为了节省机票钱，他硬是没有回来，而是利用那一个月的时间到工厂附近的跳蚤市场上摆小摊儿。也正是因为这样，他积累了一些经验，调查清楚了市场的情况。三年的劳工合约期满时，阿海已和当地的一个小老板混熟了，那个人设法帮阿海改换了签证，他们一起合作做起了中韩小商品贸易生意。这三年间他汇回来的十多万元，我又如数掏出来给他做本钱。当时，公公婆婆都不同意我冒这个险，闺中密友更是对我再三劝阻。阿海的生意刚起步时经验不足，还真的亏了一大半的积蓄，以致阿海都不敢面对我，也不敢打电话回家，只有我打给他时他才接。这时我也有点儿后悔，内心愈加渴望男人回到我的身边。但阿海却咬牙切齿地说他不混出个人样就决不回国，让我再等他三年。我凄然地苦笑着默许了。他说以后会加倍地补偿我们母女和家人。

所幸的是，在整个国际社会遭遇金融风暴的时候，阿海的小商品贸易生意反而逐渐做起来了。2009年春节，他终于回家与我们团聚。从他出国打工算起，我们已经有四年没在一起过年了，孩子对他很生分。用了一个多月的时间，孩子才和他亲近起来，可他又要离开了。全家人虽然都不好受，但同时，也对未来充满了希望。是的，阿海就是我们全家的希望。

2009年是阿海事业逐渐稳定发展的一年，11月时，我用他汇回来的钱终于在会城订下了一套四居室的房子，付了首付款。阿海叫我不要担心按揭，他说他能应付得来。和以前相比，阿海更加健谈、自信了，对我也更加体贴，经常是一天打好几个越洋电话。尽管只能是精神上的体贴，但这却让我觉得他一直都在我身边。

房子简单装修后，在搬家当天，阿海回来了。2009年12月3日，我们带着四个老人住了进去。在新房子里的第一顿饭，就是阿海亲自下厨做的。四个老人都感叹阿海的懂事，说着说着就老泪纵横。阿海也哭了，他拉过我的手，半天才讷讷地说出一句谢谢老婆……我也忍不住哭了。我其实很想说"老公你辛苦了"，可就是说不出口。最动情的时候，其实一切尽在不言中。

相聚短短的一个星期，阿海就出去准备圣诞节的备货。2010年的春节，他有可能无法回来陪我们一起过，但我已经不会感觉难过与遗憾了，因为我相信：用不了多久，我们的空房子里就会置满我们需要的各种家具，我们一家就会团聚、共享天伦，孩子就能上最好的学校、接受好的教育，老人就能安享晚年。留守生活所经受的种种，就是换取这些所必须要付出的代价吧。

留守女人故事十：

宁愿留守，也不想随夫出国

通过朋友的介绍，我与阿静联系上了。未见面时，因电话中的她总是侃侃而谈，我的脑海中出现的是一个干练的女强人形象。一个冬日，带孩子与父母来恩平某温泉度假的阿静约我见面，这个三十七岁的女人竟然一身复古的裙装，染成棕黄色的长发卷曲地披散着，时尚而古典。也许成功的女人总是有其过人与特别之处，阿静——这个已经拥有德国绿卡的女人，宁愿在国内留守也不想随夫出国享清福。

青梅竹马结良缘

我与阿东自小就认识。我们都是江门人，从小学到高中一直是同学，那时我们都是班干部，互相有好感，但都是朦朦胧胧的，再说那个年代也不允许早恋。后来，我考上了财经大专，他却落榜了。落榜之后，阿东便被他在国外的叔父带出去创业了，我继续学业。三年读大专期间，我们互通的书信装了足足两个大纸箱，由开始的谈生活、谈人生、谈理想，到后来的表白，我们两人感情的进展稳定而美好。

工作后，父母担忧距离给我和阿东造成的困扰，时常暗示我要珍惜青春，要找个真正适合自己的夫婿，但我坚定地表示要等阿东回来娶我。就是这一年，阿东终于有机会回国探亲，那重逢的情景，至今仍让我们津津乐道，时常忆起。我们都不再是青涩少年，却比青涩少年还要拘谨与羞涩，两个人看起来傻傻的，信件中所有的甜言蜜语一句也说不出来，亲昵的动作更是没有。直到一个星期后的一个晚上，我们一起到影院看电影，在篷江边的堤岸散步时才拉手、拥抱。我甚至记得是在哪棵大树下献出了我们彼此的初吻。我们在双方家长的见证下定了亲，交换了信物。第二年春天，他回来与我举行了婚礼，并陪了我三个月才再次出国去工作。

阿东一开始在叔父的店里打工，工作之余，他坚持自学当时还不被华人所重视的计算机维护与应用。他懂一点计算机维护技术这事在当地的熟人间传开了，于是便有人找他帮忙。替叔父打工五年后，也就是我们结婚一年后的1998年，阿东还清了叔父替他办出国手续的钱后，还留有一点积蓄。在国外亲戚们的鼓励和资助下，阿东自立门户，开了一家计算机维护小店。

异国他乡为人母

在叔父等人的帮助下，1999年，我也顺利移民德国。次年8月，女儿出生。女儿的降临完全消减了我对德国小城生活的不习惯——我几乎是足不出户，一心一意地照顾女儿。因此，到女儿三岁时，我依旧无法用德语与当地人沟通。毕竟我在国内受过良好的教育，我知道这样下去是不可取的，便抱着女儿去上德语补习班，只用半年的时间便掌握了日常的德语会话，并能进行简单的书写。孩子四岁时，我想要出去工作。尽管阿东说他能养活我们一家三口，可我觉得这不是糊口与生活的问题，而是我能否实现自我价值的问题。他拗不过我，便四处托人帮我找工作，但那些工作似乎并不适合我。最后，还是我自己在一家补习社里找到了一个汉语教师助理的工作，也就是替一个汉语教师打杂的活儿。尽管工资不高，可我做得很开心。

活泼可爱的女儿开始上幼儿园了，每天回家都会唱几句德国童谣。一次，得知祖国有少儿艺术团来演出，我和阿东便带女儿一起去看。观看节目时，女儿似乎一点儿也不感兴趣。我想到许多华人的孩子满口流利的德语却对祖国的文化一无所知，我不希望我的女儿也这样，便和阿东商量将女儿送回中国，至少到小学三年级甚至初中再到德国读书。阿东斟酌再三，最后还是同意了。这时，医生告知我又怀孕了，所有的计划都暂时被搁下。2004年1月，我生下了一个男孩。

2004年的春节，我们一家四口回国探亲，之后我和两个孩子便留了下来。毕竟，在国内有四个老人可以轮流帮帮我——要知道，在德国请个保姆可是一件奢侈的事情。就这样，我成了所谓的留守女人，唯一不同的是，在身份上我是个归国华人，没有其他留守姐妹那种煎熬的期待。

留守也奋斗

在我的内心里，乡土情结根深蒂固。除了无法与自己的爱人每天厮守，从其他方面来说，我总是觉得在国内的生活比在德国还要惬意得多。

因为有四个老人时常帮我照顾孩子，所以我比较有空闲。人一闲下来，想法就多了。一个偶然的机会，我接触到几个做广告的人，他们需要一个德语翻译，我觉得我可以胜任，便跃跃欲试。阿东得知我的这个想法一点儿也不意外，还开玩笑地说与其天天在家假装带孩子、假装害相思想老公，还不如做点儿有意义的事情呢。可当我真正接下这份工作，才发现我当初想得太天真了——我掌握的那点儿德语多是生活中用的口语，而人家需要的却是专业性极强的商务翻译，必须对广告行业所涉及的一切术语与对方的业务专用语有所了解，并运用自如。第一次陪老板去见客人，别提有多尴尬了。出于内疚，我决定辞职。老板说他真的找不到人来帮他了，央求我留下来慢慢熟悉业务。我想我不能总这样出去丢人现眼啊，不能砸了人家的生意啊，也不能让阿东小看我啊。怎么办呢？学吧！我对自己说，不就是死记硬背那些枯燥的专业术语吗？老板让我不必上班，就待在家里，有需要他就给我打电话，这让我有足够的时间来下狠劲儿自学。

有几次凌晨一点钟，阿东打电话回来试探我睡觉了没有，结果我还在背德语单词（我们说好永远不对对方说假话），他听过公婆汇报我做梦也在说德语而且消瘦了不少的事，于是有点儿生气了，叫我结束在国内的一切，带孩子火速回德国去。我不肯。一来孩子得趁年纪还小多接触祖国文化，才不至于丢了祖宗的根；二来我想看看我自己的能力到底能达到什么程度。我跟阿东打赌，给我一年时间，如果我还不能胜任这个翻译工作，就带孩子回德国当全职太太。实际上，阿东是心疼我。但他也了解我这个人有倔强的一面，于是他一边嗔怪我，一边嘱咐公公婆婆好好照顾我，别让我过度劳累。

等待的时刻不虚度

结果当然是我赢了，我用一年的时间证明我行。那年春节，阿东回国与我们团聚，我的老板非要请他吃饭，在场的还有两个德国客人。阿东见到他们对我的赞许，一直在餐桌布下面紧握着我的手，自豪地笑着。

老板在感激我和阿东的同时，问了阿东一个问题："你怎么就放心让老婆和孩子在国内，而你一个人在德国创业呢?"又转过头问我："你都有绿卡了，你怎么放心让老公一个人在国外，就不怕他寂寞时找别的女人？况且他挣的钱足够你们好好地生活了，你为什么为了做我们公司的翻译这么拼命、这么辛苦呢?"我让阿东先说。阿东憨厚，只说了一句："因为我爱她，就会让着她，不管她怎么做都是对的。"这样的话大大地满足了我的虚荣心，也让我的幸福感如泉突涌。我的答案比较文艺一些："阿东已经替我回答了第一个问题。至于第二个问题，我想你们应该看过《幸福终点站》那部电影，那里面告诉我们：在等待的时候不要虚度。既然我带孩子回来接受中华文化的熏陶与洗礼，然后等待着与爱人相聚的时刻，那这个过程中我是否可以干点儿什么？照顾小孩，开拓事业，实现自我价值，同时为了彼此的承诺而守候，这样不是很美好吗?”德国客人向我表达了深深的敬意，后来，通过他们的介绍，客源接踵而来。

信任、认真与真诚，是可以创造奇迹的。在国内留守三年后，我有了自己真正的事业。就是那两个和我们吃饭的德国客人，他们集资在国内建了一家工厂给在德国的公司提供配件，需要一个可信任的人来管理。我分文不掏，仅以“技术”入股，就持有10%的股份。其实一直以来，阿东都默默地给予我不少鼓励与帮助，许多我学习上用到的书籍与资料，都是他帮我搜寻的。阿东的小店也越做越好，现在都聘请三个维修工人了，而且小店的口碑不错。见到我在国内干得有声有色，人也愈加有活力，阿东不再催促我去德国和他整天厮守了。事业做好了，钱挣得多了，坐飞机来回相会不是很容易的事情吗？我们的婚姻没有像大家担心的那样脆弱，反而愈加坚固。虽然我们聚少离多，但我们谁也离不开谁。这么多年来，每天两通以上的越洋电话诉衷情、每天至少网上见面一次，已经成为习惯。

国内国外难抉择

现在倒是有一个问题困扰着我们，那就是：孩子要怎么照顾才算照顾到位？国内这个舞台很大，可以让我尽情地驰骋展翅，可我毕竟是一个妻子，也是两个孩子的母亲。作为一个合格的母亲与一个成功的女性，想要兼顾周全太不容易了，特别是像我们这样一家分隔重洋地生活，这个问题更加让人头痛。

多年前女儿刚刚回到国内时，在幼儿园里并不习惯，老是哭，很忧郁。幸好幼儿园的老师很耐心，给了我们很大的帮助。如今女儿都上小学四年级了，画画还得过全国性的大奖。这学期，当我们送她回德国读书时，她还哭着不愿意走呢。我规定她每天都要阅读中文读物，给她的任务是一年最少读十五本中文书籍，德文的书籍就随意些。在德国的小学里适应半个学期后，女儿的成绩拿到了三个A、两个B，我很欣慰，并相信她会越来越进步。我希望她成长为坚强独立、乐观上进的新海外华人。现在汉语在国外很受欢迎，学校的汉语教师还时常找我女儿交流语法，她的许多小同学也经常向她请教，这让她挺自豪的。

就是有一点——我不能像在国内时一样陪在她身边，这让我感到有点儿内疚，同时也理解了阿东当初对我和孩子的愧疚。有了孩子的女人是很奇怪的，想孩子的时间比想老公的时间多（笑）。

尽管阿东爱我、迁就我，可是我们不能一直这样分居下去。为了我的这份倔强，他付出的并不比我少。虽然现在买个机票对于我们来说不是什么负担，可毕竟还是分居啊。现在，小儿子也慢慢地长大了，正在国内上幼儿园大班。他被爷爷奶奶、外公外婆惯坏了，调皮娇气得很。我的那些西式的教育方式，只要有他们在，总是被消除得一干二净。老人们也说他们明知是太惯孩子了，可就是忍不住，哈哈，这也是国情所致吧。我有明年带儿子去德国上小学的打算——为了孩子与家庭，我总得做出一些牺牲。其实，我在国内这边的事业正如日中天呢，德国的搭档也不希望我撒手不管。阿东说让我自己决定，可这真是让人难以抉择啊！

留守女人故事十一：

守着你的母亲你的家，等着你回来

这应该是这个年代少有的传奇。男主角出国谋生计，音信全无。消失十年后，他奇迹般回国，并带回雄厚的资金，买地建屋。更加传奇的是，这十年间，女主角从绝望到无声接受，在无数非议与压力中默默地守着这个家，照顾着卧病在床的年迈的婆婆。支撑着女主角秀清一路坚守的力量，竟然只是简单的两个字——相信。

纵使相逢应不识，尘满面，鬓如霜

这一切都比电影还戏剧化，却活生生地出现在我的前半生里。2013年秋天的某个周末，我正在朋友开的托管中心做兼职照顾孩子们，突然接到儿子的电话。儿子在电话中像要哭出来似的，说家里来了一个奇怪的人在铁门外面不肯走，还说了一些奇怪的话，他很害怕，叫我赶快回家。

当我骑着电动车赶回家时，在小巷子里远远地看到一个男人的背影。那背影是那么熟悉，这让我的心不禁狂跳起来。我颤抖着双手停好车，十三岁的儿子隔着铁门的栅栏急切地叫："妈妈！"然后指着门口的男人和他脚下的一堆行李，哭着说："他说他是我爸爸！"

男人转过身来，而我却恍然若梦，呆立在原地动弹不了。他老了太多，脸型都有点儿变了，额头边上还有一条不太明显的伤疤。是他，我的丈夫、儿子的父亲。"阿秀……"他讷讷地叫我。我回过神来，很平静地说："你回来了？"然后让儿子打开门，招呼他进屋，好像他从没有离开过。

屋内卧床的婆婆早已呼喊得声嘶力竭。他冲进里屋，才叫了一声"妈"，婆婆就晕厥过去……儿子站在一旁不知所措地看着这个从天而降的父亲，我压抑着内心的无数个疑问，克制着无数次想扑进他怀里痛哭的冲动，有条不紊地给婆婆做急救……

这一天，我们都等得太久了。将近十一年的杳无音信，连婆婆也觉得他已经不在人世了。在他出国谋生不到一个月时，就传来了他被卷进一场事故后失踪的消息。那一刻，我觉得天地都崩塌了。亲戚安慰我，说会继续帮忙寻找和打听消息。我强忍着悲痛，硬是将这个消息藏在了心里，瞒着孩子和婆婆。随着时间的推移，在种种借口都编不下去后，懂事的孩子不再问爸爸在哪儿，思子心切的婆婆即使中风卧床也不再提起他。后来，婆婆提得最多的，是劝我趁年轻离开冯家找个好归宿。我依旧淡淡地说，冯哥会回来的。

就这样，我在种种非议与猜测中，独自一人靠当幼儿园老师的微薄工资撑起整个家，还得利用双休日做兼职才能支付婆婆的医药费。这样一坚持，竟然就坚持了十年。

当晚，婆婆苏醒后，整个家开启了重逢模式，说着说着，总会有一个人掉眼泪，抹干净了又流下来。在儿子心中，关于父亲的记忆一直只停留在十年前的相片里。儿子更多的是委屈地发泄，他自顾自地咧嘴大哭，说原来他真的是有爸爸的，原来妈妈真的没有骗他。

冯哥说他完全可以想象这十年间，孩子的成长和我的生活都经受了什么。真正催他苍老的，不是异国生活的艰辛，而是他心里积压的愧疚。

这话我信，因为他是我的丈夫。

十年生死两茫茫，不思量，自难忘

冯哥比我大五岁。我刚刚幼师毕业参加工作时，每天负责跟校车护送孩子们回家，开校车的就是冯哥。他高大健壮、乐观开朗，对孩子们爱护有加，孩子们都很喜欢他。他对我的好感非常有分寸，在关心照顾我的同时，从不说破。那种淡淡的暧昧感觉真美好。或许，在我开始接受他每天的免费爱心早餐时，就在潜意识里想要接受这个阳光的大男孩。

真正让我芳心暗许的是，有一次放学路上，一个与男友闹矛盾的女孩突然任性地冲出马路，冯哥虽然紧急刹车，但还是伤到了她。交警判双方各承担一半责任，冯哥不但诚恳地向女孩家人道歉，还坚持天天去看望女孩，弄得人家都很不好意思。最后在冯哥的感染下，还成就了那一对新人呢。这事让我觉得冯哥有担当，是值得托付终身的男人。

得知我和冯哥确立了恋爱关系，同事、朋友、家人都“炸”开了，觉得以我的条件完全可以找个更好的。家人劝说不下，还托园长做我的思想工作。他们都断言，如果嫁进冯家，我会受苦一辈子。冯哥与他那守寡的母亲相依为命，住在城郊的一座小民房里。房子是20世纪70年代末期自建的，是个只有六十平方米的二层小楼，里外都很破旧了。我毕竟是幼师学院毕业的，动手能力强，天性也爱美，我想按照自己的规划好好地打扮我们的家。在我的带动下，我们亲自动手将房子粉刷一新，还重新做了简单的装修。这期间，冯哥几乎包揽了全部的体力活儿。实际上，家务事他也全包揽了，不让我的手沾一滴洗碗水。对新家，对丈夫，对生活，我一百个满意，总觉得自己比其他人要幸福一万倍。

说实话，婆婆待我也不错，她不像有些影视作品里所塑造的寡妇那样刻薄病态，反而是个善良温和的人。冯哥五岁就没了父亲，其实我挺佩服婆婆的，能将冯哥教育得这么阳光、上进。据说公公在世的时候，冯家的生活其实还算富裕，不然也不会在那个时候就买地自建房屋。公公病故之后，亲戚们都有意无意地疏远了这对母子，婆婆靠从城郊农民那儿进点儿蔬菜到城里倒卖，一边还债一边抚育孩子。婆婆当然也望子成龙，哪怕卖血也要供冯哥读大学，可冯哥却不愿意让母亲过度操劳与牺牲，高考时擅自弃考了。那个时候，婆婆的身体已经不怎么好了。失望难过了一段时间，婆婆就接受了现实，听从冯哥的安排在家休息。其实在她心里，渴望儿子创立事业的想法从来都没有打消过，好像只有这样，她才能在祖宗与旁人面前抬起头来。

结婚之后，我听得最多的就是婆婆念叨哪个亲戚从国外回来了，送给她多少好吃的、好穿的和红包；哪个邻居的孩子归国为父母办大寿，办了多少桌酒席；哪个华侨在城里又买了多少地皮、多少商铺、多少房子和车子，开了多少工厂……而冯哥总说他哪儿也不去，他就在家陪着妈妈和老婆，就算吃咸菜也开心。随着孩子的出生，我们的生活压力大了。婆婆继续念叨着哪个亲戚回来招人出国去帮工，还叫我说服冯哥出国去打拼。我当然没有听她的话——有什么比一家人在一起更加重要呢?

孩子两岁半时，马上要读幼儿园了。对比朋友与同事给孩子做的规划，我才意识到孩子往后的教育与户口息息相关。我开始梦想着在城里的好位置买房子，可是钱呢?冯哥是懂我的，尽管我没有开口，但他还是主动问我他应该出国去吗?这一次，我没有站在他那边，而是说：为了孩子，要不就出去打拼几年?

“为了孩子。”天底下，有多少父母以此为借口、为动力而无奈地改变着自己的人生轨迹，从而催生了多少悲欢离合而又无怨无悔的故事。冯哥和我就这样难舍难分地相隔重洋。

国外的亲戚早就盼着冯哥去帮忙，手续和机票都是他们帮忙订的，让他用工资慢慢还。冯哥的打算是先还掉人情，然后在另一个地方自立门户，做点贸易生意。这几乎是所有去南美小国打拼的华人的发展模式。就在冯哥刚刚适应了当地生活时，他就莫名其妙地卷进了当地的一场敏感事故。关于这件事情，他至今都讳莫如深，说有的东西不能多讲，怕有不好的影响。他能保证的是，他没做任何违背良心的事。在那场事故中，有几个华人死了，冯哥也在骚乱中受伤了，却因被认为看到了施暴者的脸而被追杀。冯哥从A国逃到B国，隐姓埋名地生活下来，却不能向任何人说出自己的行踪。他唯一能做的就是狠命工作。在B国边陲，生活极不方便，却也给他带来商机。他用打散工积累下的钱，用假身份开了一家小便利店。由于他慎言肯干，店铺离城镇又远，城镇上的华人商家觉得他没有任何威胁性，都乐于把货赊给他，让他随便挣点儿差价。多年下来，便利店便扩张为边城超市。看到时机成熟，冯哥开始想把资产变现，将超市出兑了，然后找当地人的关系，以非正常的渠道想办法回国——只有回到祖国，他才是真正安全的。这么多年来，支撑他谨小慎微地坚持下去的，便是对我们的思念，还有对我的信任。他说，他一直相信我会替他好好地守着母亲、孩子，守着我们的家，等着他回来。

听到这句话，我才尽情地放声大哭。

夜来幽梦忽还乡，明月夜，到终生

是的，相信。爱情的坚贞，善良的固守，这一切，都只是因为“相信”。在每个劳累之后的寂静深夜，我总是似乎听到冯哥在星空里呼唤我，与我对话。我相信他还活着。

国外的亲戚告诉我冯哥出事时，孩子刚刚三岁。起初，我瞒着婆婆和孩子。但长时间没有冯哥的电话，而且这年头谁还经常手写书信啊，我终是没能瞒多久。婆婆大概猜到了几分，又到处找国外回来的人打听。她受不了儿子失踪带来的打击，又总是自责当初催他出国光宗耀祖的做法，这导致她的身体每况愈下，最后终于中风瘫痪在床。请不起保姆，我只能在上课的间隙请假回家给婆婆端屎端尿。同事们由初时的种种揣测、讽刺到后来的同情、理解，也尽可能地帮助我。我确实不需要同情，但我真的需要理解，毕竟我只是个小妇人。孩子也不让我省心，身体健康时，他吵着要爸爸；身体生病时，他变本加厉地哭着要爸爸。多少个夜半时分，我抱着孩子在家和医院来回往返，在黑暗中无声地流泪。那个时候，我心里也怪冯哥、恨冯哥。随着孩子慢慢地长大，他逐渐有了跟他父亲一样的轮廓，他虽然懂事、体贴，开始像个小大人一样保护我，但在他的内心，依旧是渴望父爱的。我知道他时常偷偷地看着小时候一家三口的快乐合影，默默地叹息。

让我想不到的是，婆婆会趁儿子上学、我上班时喝农药自杀。幸好邻居发现得及时，抢救过来后，婆婆不吃不喝。她说她已经害了自己的丈夫、儿子，不能再拖累儿媳和孙子了。在我和儿子的精心照顾下，婆婆终于回心转意，又有了生的欲望。我儿子很争气，学习成绩很好，参加竞赛还拿过全市第一。婆婆从孙子身上看到了希望，却愈加坚决地劝说我改嫁。后来，我儿子也加进劝说的行列。这祖孙俩真是让人受不了。当我坚持说要陪他们一辈子时，他们都残忍地提醒我冯哥早就死了，不然那么孝顺、顾家的人怎么一点儿音信也没有?

简单、忙碌的生活成为习惯，我几乎已经习惯为这一老一少而活着，从来无暇顾及周遭的白眼与闲话。有时候，女人的力量是惊人的。我就这么隐忍而平静地过着我们的清苦日子，很多年过去了，我就这样渐渐地获得了周围的人们和唾弃过我们的亲戚的尊重。我最欣慰的是，儿子一直以我为荣，以我为榜样。他写的关于我的作文，老师和我看了都忍不住落泪。这时我才明白，对于孩子的教育，言传身教果然比什么都重要。当初我那种在著名学校边上的高档小区买房子的想法，是多么幼稚而可笑啊！孩子虽然在城郊小学读书，可成绩一点儿也不比城里的孩子差，而且他发展全面，画画与唱歌遗传了我的基因，还经常获奖。我是了解这个孩子的，他是希望通过他的争气，来回报我、安慰我。他知道，在生活中，他是我全部的希望。一想到这些，我总是很心酸，这孩子一直以来承受的东西太多了，导致他过于早熟。在我的记忆中，他天真烂漫的时刻很少。这是我们大人对孩子最大的亏欠。有时我会想：假如冯哥还在人世，他将会怎么补偿？

就在孩子被首批保送到市一中初中部读书时，冯哥回来了。失而复得，婆婆非要大摆宴席，告慰祖先神明。冯哥却坚决不肯。在他看来，他的平安归来没有什么值得宣传与炫耀的。十年不堪设想的生活，我们的性格都改变了很多，在对方面前几乎像一个陌生人。是亲情与爱情将我们绑在了一起，然后再重新去认识彼此、接受彼此，还有尊敬彼此。儿子说，爸爸和妈妈都是世上最了不起的人，当然，他也是了不起的儿子。只有经历过失去的人，才知道团聚的滋味是如此动人而深刻。

冯哥回来后一直很低调，很多人都不知道他回来了。我也没有向任何人说，就让以后的生活慢慢地告诉大家好了。冯哥以最快的速度在城里买了一套精装修的现房，然后带着我们搬了进去。十年过去了，他的乐观坚韧还在，但不再开朗爱笑，就连睡觉时也充满警惕。但我相信，一切都会好起来的，因为爱真的可以创造奇迹。我们各自的创伤也会被爱一一抚平，然后接受岁月的检阅，直到终老。

如果可以重新选择，我宁愿守着初心，执子之手，粗茶淡饭，清贫度日，慢慢变老。

第2篇

凡俗爱情的明媚忧伤与朴素温暖

导言

实际上，所有的人生都不过是一场留守与博弈，或告别，或坚持。爱情是一时的迷恋，婚姻则是一世的责任。爱情和婚姻，都是我们认识自我的过程，其间包含着无数的悲欢离合、爱恨情仇。并不是所有的爱情都能够开花结果，也并不是所有的婚姻都能够善始善终。褪去爱情华丽的外衣，抹去物质赤裸的欲望，我们看到的都是一些朴素的哲理与温暖。在这个过程中，或许你痛过、哭过，但也正是在这个过程中，女人逐渐成熟、男人逐渐完满。幸福不在彼岸，它就在我们的手里。

凡俗爱情故事一：

柏拉图式婚姻神话的破灭

这个故事有多荒唐，就有多让人唏嘘。娱乐新闻曾报道，一位女歌手被爱蒙蔽，坚持了十年无性婚姻后以离婚收场。曾一直觉得这样的故事离我们的现实生活很远，而坐在我面前的这位姑娘的经历，几乎复制了那位女歌手的悲剧。二十七岁的柏拉拿着她早年的相片，告诉我里面那个美丽爱笑的女孩就是她。我简直不敢相信，仅仅几年，她就苍老如斯——说她四十七岁都不为过。在这个世上，到底有多少人打着爱与理想的名义，摧毁着爱与理想本身？幸运的是，柏拉在挣扎之后，能有足够的勇气警醒，然后挣脱。她说，经过自我调节，只要给她时间，一切就都会好起来的。她要做个凡人，好好地享受世俗之爱。

理想化的相识

我所有故事的开端，都源于父母给我取的这个名字——柏拉。我不知道当初他们起这名字有什么用意。一直以来，我都是个比同龄人有思想的女孩，我为自己独特的名字而感谢父母。可是，也正因为这个名字，差点毁了我的一生。

在大学时，我学的是金融专业。因为常常和数字为伍，使得我多了一些理性。大学三年，我从来没有接受过任何一个男生的追求。直到大四那年，我选修了美学，教授是学院中最年轻的，叫秦朝。秦朝上课极受欢迎，才三十多岁的他不是很帅，却是许多女生暗恋的对象。那个时候，对于爱情和男人，我并没有青春期女生的那种盲目憧憬。说到底，我的择偶观其实是极传统的，我想如果我选定人选来恋爱了，就必然是要和他结婚的。

一天上美学课时，他竟然点了我的名字，研究性地看着我，问：“你为什么叫‘柏拉’呢？你知道柏拉图精神恋爱吗？”一向成绩优秀的我，结结巴巴地说“不知道”。秦朝显得异常失望，说：“我以为你应该知道的。”我的羞耻感让我发誓要让秦朝为了他的那句话而内疚。下课后，我立刻跑到图书馆查阅相关书籍。没想到，我竟然发疯似的喜欢上了那些理论，觉得自己一下子有了信仰。更加没有想到的是，在我为了向秦朝讨回尊严的过程中，我们竟然因为对柏拉图理论的共同痴迷而相爱了。他总是说这个世界太污浊、人性太龌龊，两性关系中只有维持精神上的依恋，才会最终成就人类极致的灵魂之美。

其实在潜意识中，我一直是害怕和男性直接接触的，特别是身体。秦朝带我见他的朋友、他的学生以及他的崇拜者，他对他们说我是他的女朋友，是要一生一世的。当时的幸福感让我快要晕眩了。也许你不相信，从他宣布我是他女朋友起，一直到我们登记结婚，我们没有接过吻，没有抚摸，更没有婚前性行为；即便是拥抱，也是几秒钟就要分开的。秦朝像着了魔似的，每天都详细地记录我和他的感情生活。他说他可能要成为柏拉图学说在当代最有影响力的发言人。我的父母了解到秦朝的思想倾向，非常担心。他们干涉、阻挠我和秦朝在一起。可是我太天真，也太倔强了，总是想要向大家证明我是幸福的，证明秦朝是对的。

因此，当秦朝问我愿不愿意和他一起，构筑现实中这样的一个“柏拉图”式的婚姻时，我毫不犹豫地答应了。我觉得在这个世界上，秦朝就是上帝给我准备好的那个唯一的男人。他会给我一个世界上至纯净、至高尚的家。

脱离人性的结合

在我大学毕业一年后，我不顾亲友的反对和规劝，嫁给了秦朝。除了少数秦朝的朋友和崇拜者，没有多少人祝福我们。大家都在背地里暗笑我们是两个疯子，说我们根本不是在结婚，只是在实验。妈妈哭着对我说，我最终会沦落为这个婚姻和这个实验的牺牲品。但父母终究是疼爱我的，他们还是出席了我们简单的婚礼。

我们的婚姻，是有过快乐和幸福的——在我还狂热地崇拜和信任秦朝的时候，在秦朝还一腔热情地给我写情诗、说情话的时候。看过莎士比亚的戏剧吗？秦朝的情话也许就是最理性、最戏剧化的了，当时那种境界，一般人是无法想象的。

婚床应该是每一个步入婚姻的人感觉最性感和温暖的地方，那是两个相爱的人从精神到躯体合二为一的神圣之地。而我们的新婚却没有这样的一张床。我们的卧室是秦朝精心设计的，非常宽敞。新房里，有两张简单的小木床，他的靠北墙，我的靠东墙，两张床中间的空地非常大。秦朝还经常打开门，接受他的学生和朋友的参观与监督。新婚之夜，我们在各自的小床上深情地对望，憧憬着我们的柏拉图式婚姻能够成为这个世纪最后的童话。真的，我们当时真的是这样想的。

在日常生活中，我和一般的家庭主妇没什么区别，我慢慢地学会了买菜、做饭等家务。秦朝从来不会赞美我的思想之外的东西。我花了许多心血做的菜，他看也不看，三下两下就扒完了。我问他好吃吗，他会鄙夷地嘲笑我怎么这样庸俗。我买了新衣服，他也会生气地叫我扔掉，说人的一切外在都只是丑陋的皮囊。在心爱的男人面前，女人总是会有非常自然的真情流露，比如有时我向他撒娇，可他会非常厌恶地推开我，严肃地提醒我“过界了”。有一次，我无意中亲了他一口，他竟然真的用我们曾经订下的协议来处罚我——让我抄写了整整一夜的柏拉图言论！

面对我委屈的眼泪，他视而不见，他说坚决不允许他的妻子逐渐地走向世俗婚姻的“堕落”。

渐渐地，我的心里开始反思，我是不是错了？我们是不是真的是两个疯子？晚上，我躺在我的小床上辗转反侧，听着秦朝均匀的呼吸，我感觉异常孤单，有时还莫名其妙地流泪。最开始我不知道这是为什么，现在我知道了。那是一个正常的女人心底最原始的欲望——到了一定的年纪，有个自己心爱的人并且共处一室，潜意识里就会对他有所渴望。当时我根本不敢对秦朝诉说我内心真实的感受，因为我在不知不觉中已经被他驯化了，我变得非常“听话”。

秦朝的脾气变得越来越差，他抽烟抽得越来越厉害，有时还会无缘无故地骂人、摔打东西。我问他怎么了，他抓住我的手，痛苦地看着我，然后甩开我的手，闭上眼睛说“没什么”。秦朝在他的日记中写下了这样一句话：“我感觉到我的体内有个魔鬼了，我按不住它。”秦朝其实也是一个正常的男人啊，可他压抑着自己，说服着自己，他不允许我有欲望，也不允许自己有欲望。有一次，他听到来看他的学生说“师母怎么这样瘦”时，刚愧疚地看了我一眼后，就立刻恢复他指点江山的口气赞美我："你师母她是精神的贵妇。"我在厨房里听到这句话，酸楚的泪水终于流了下来。

非正常婚姻

我开始失眠、精神恍惚，还开始生一些医生也找不到原因的病。走在大街上，没有人相信我才二十六岁。秦朝写了许多"柏拉图"方面的论文，却只在国外的杂志上发表了一篇——国内的学术杂志根本就没有他的立足之地。那家国外杂志发来信件和证书时，秦朝高兴得抱起我在卧室里旋转。之后，他吻我，忘情地、疯狂地抚摸我，然后把我压在他的小床上。就在一切似乎水到渠成时，他猛然推开我，惊愕地看着我说："你的表情竟然这样享受？你竟然纵容我犯错误！你怎么也这样贱！"说完，他马上离开了我的身体，跑到洗手间去了。我木然地躺在床上傻笑。

之后，洗手间里有一堆烟头，我能想象得到秦朝的痛苦。可是他能想象得到我的痛苦吗？我们还要为了那个见鬼的柏拉图童话互相折磨多久？妈妈来看我，给我带了许多营养品，还意味深长地对我说了一个关于认错的禅宗故事。然后，妈妈心疼地说："小柏，你从小就是个倔强、勇敢的孩子啊。"我扑在她的怀里尽情地痛哭。我知道妈妈是在暗示我：如果知道自己错了，就要勇敢地面对。

有一次我洗澡时，故意叫秦朝帮忙拿衣服，然后顺势靠在他的怀里。他粗暴且厌恶地推开我，并板着脸训斥我不要脸。我流下了屈辱的泪水。我终于知道，秦朝和我一厢情愿地想要构建的柏拉图式的两性关系，终归只是个理论上的神话。在具体而真实的生活中，它不堪一击。这个婚姻扼杀着我们的本性，摧残着我们的情感和身体。我知道秦朝也有同样的感觉，只是他太骄傲、太执拗，不肯面对自己，也不肯承认失败。

结婚一周年，我跑到成人用品商店买了春药。我知道我的这个决定对这场婚姻是致命的，可无论是继续还是结束，我都希望我能够成为秦朝的女人——因为我曾经是那么疯狂而纯粹地爱着他。那晚，我给秦朝准备了烛光晚餐，他的情绪很好，让我找到了初恋时的美好感觉。他深情地向我诉说他对我的爱恋和感激，我温柔地递给他我放了药物的红酒……烛影摇曳，早就应该发生的都发生了。秦朝清醒后，看着赤裸的我和他自己，还有床单上炫目的鲜红，一脸的惘然和绝望。我平静地告诉了他真相。秦朝发疯似的拎起我，对我一阵乱打。我抹着流血的嘴角对他笑着说：“秦朝，亲爱的，我是你的女人了，而你也是我的男人了。”秦朝听后，蓦地静止了。我赤裸地站在他的面前，他看着我依然青春美丽的身体，跪在地上抱头痛哭。在那一瞬间，我发觉我其实非常可怜这个男人。

必然的无言结局

秦朝和我最后还是选择了协议离婚。我从来没有怀疑过我爱他，他也爱我。可是我们选择了一种近乎荒唐的方式来经营我们的爱情。爱情和婚姻从来都不应该是实验品和试验场。爱必须要在日常生活中找到倾泻和表达的缺口与渠道，这样才会让双方感觉幸福。需要与被需要，是同等重要的。

秦朝给我留下了他所有的日记，然后远走法国。我也回到父母的家，接受心理医生的治疗。半年后，我来到了现在这个城市，找了一份工作重新开始生活。我知道我错过的东西太多了，我必须要过上比别人更加阳光开朗的生活，唯有这样才能让我走出阴影。现在，我有一个非常好的男朋友，他健康、温情，他让我感受着女人应该享有的快乐。只是，在独处的时候，我偶尔还是会想起秦朝，想起他给予我的幸福和伤痛。希望他在法国能够找到他理想中的乌托邦，但我更加希望他也能走出来，温暖而正常地生活。因为，我们都只是凡人。

凡俗爱情故事二：

遇人不淑，还是不淑而遇人

在江边的一间茶馆里，我见到了阿翠和她的一双儿女。她读小学的女儿像个小大人般地照顾着调皮的弟弟，让我们可以好好地聊天。听着阿翠断断续续的讲述、忏悔、领悟，我的心情起伏不定，但是到最后，我依然觉得做过两次“小三”的阿翠是一个美丽的女人。一个女人不管有着怎样的过去，只要她能够醒悟并成长，就已难能可贵了。

强哥：

他利用了我的年少无知

鼓了很大的勇气，我才决定将我的经历说出来，希望能让天下的父母警醒，让天下的女孩子借鉴，让那些不怀好意、不负责任、没有担当的男人忏悔。

我的老家在恩平一个相对偏僻的村子。我原是一个弃婴，一对没有孩子的中年夫妇收养了我。我的养父年轻时双腿受过伤，行动不便，因此家里比较穷。养父母和我没有什么精神上的交流，总之我吃好了、穿暖了、没病没痛，就是他们的安慰。

我性格偏内向，不怎么合群。也许正是因为这样，我才会走错了人生的第一步后还浑然不觉。初三的第一个学期，有一天，我到镇上的文具店去买学习用品，自行车的刹车突然失灵了，慌乱中我撞到街边一个餐馆摆在外面的一张桌子，桌子上的菜全翻到地上去了。几个男人纷纷骂我“神经病”“不长眼”，只有一个人来将我扶起来，问我摔着哪儿了没。我摇摇头，等着他们“发落”我。

那个男人叫看热闹的人散去，然后叫老板重新上菜。我站在那里不知道该怎么办，连一句“对不起”也说不出来。另外一个男人说：“强哥，这桌子菜得让这小姑娘赔，没钱就让她嫁给我们其中一个。”我不知道这是他们的玩笑话，吓得哭起来。

强哥喝住他们，叫他们别乱说吓唬我，然后问我这是怎么回事。见我低头不说话，他走过去检查我的自行车，然后就将车骑走了。过了一会儿，他将车骑回来，对我说刹车修好了。

强哥说，刚才他的朋友说让我赔偿的那些话都是玩笑话，但是我必须得告诉他我的名字和学校班级。我求他别找老师说这件事，他说他不会，还说了一些“女孩子骑车要注意安全”之类的话，然后就放我走了。

从此，他经常到学校门口等我，或者找别的同学把我叫出去。我怕他向老师告状，不敢不去。他其实也没什么事，就是叫我出去陪他吃饭，吃完饭便送我回学校。强哥在恩城有个小工厂，他说虽然他已经四十多岁了，可还没有结婚。我那时懂什么呀，他说什么就信什么。我对他从开始的害怕，慢慢有了莫名其妙的依恋。对于男女情爱，才十六岁的我懵懂无知，我只知道和强哥在一起很开心。他能开导我，能听我说话，能开摩托车带我去看海，能给我买许多贴心的小礼物和衣服。我不知不觉地接受了强哥给我安排的一切。当我的穿着和用品让同学们羡慕的时候，我一向自卑的心得到了极大的满足。我觉得我生命中的阳光全是强哥给的。

初三寒假的一天，我终于在毫无准备、毫无意识的情况下，从少女变成了女人。强哥说他会对我负责的。我的养父母无论如何也接受不了一个年纪可以当我父亲的男人做女婿。其实这个时候，养父母已经管不住我了，他们只要求我把初中念完。

初中毕业后，强哥在恩城租了一个三居室的套间和我住在一起。我家总是催促他结婚，可我还没到法定年龄啊，怎么登记？他对我和我的养父母都挺好，人也很细心，我的养父母也慢慢地默认了这个女婿。强哥的朋友叫我“老板娘”，这让我觉得生活真是美好得不得了。

十八岁那年，我怀孕了。在没有准生证和结婚证的情况下，我生下了一个可爱的女儿。强哥对我更加嘘寒问暖。就在我等着到二十岁就可以和他登记结婚的时候，却得知了一个晴天霹雳的真相：原来强哥早已经结婚了，他的妻子在另一个镇的乡下，他们的儿子都初中毕业了！

他的妻子带着一帮人来我们的住处闹。我为了保护孩子，被他们打伤了腰和肩膀。可是，他却躲起来不再见我了。无论我怎么找他，也找不着。我到工厂去找，他妻子的弟弟叫人将我赶了出来。我没有了经济来源，天天抱着孩子哭，心想他不会这么狠心丢下我们母女不管的。靠着我平时从生活费里省下来的一点积蓄，我和女儿的生活还算过得去。

这些事情，我都不敢告诉养父母。三个月过去了，强哥还是没有出现。听一些同情我的人说，看见过他回工厂，还有人告诉我他新家的地址。原来，他在恩城新建了一幢五层的楼房，现在和妻儿住在一起。我抱着女儿找上门去，当时，他们一家正在吃饭。见到我来，他的脸都白了。他的妻子这次没有怎么为难我，叫我进去谈。他说他对不起我，但他不可能离婚——毕竟儿子都这么大了。我说那咱们的女儿呢？他低头不语。他的妻子说，我们补给你三万块吧，只能这么多了，要不要随便你——下次你要是再来，我就不客气了。我抱着女儿哭着离开了他的家。那一刻，真是痛不欲生啊！

第二天，他妻子的弟弟送来三万块钱，还恐吓我。我无意中成了第三者，可我也是受害人啊。我不明白为什么明明错的是强哥，却只有我得到惩罚？我连申诉与反抗的地方都没有！一天晚上，我抱着女儿来到锦江河最深的地方，正要跳下去的时候，寒风中，熟睡的女儿那冻红的小脸突然笑了。我的眼泪流下来，我不能死。

就这样，我带着女儿回到乡下，跪在养父母面前坦白了一切。他们瞬间老了许多。意外的是，他们并没有责怪我。村子里，关于我的流言四起，可养父母依然对我的女儿宠爱有加。想起他们一直对我的爱也是这样默默而无私的，我愧疚难当。

阿荣：以真爱之名行苟且之事

大约一个月后，我将女儿留在养父母家，一个人外出打工。我一个只有初中文凭的未婚妈妈，没有任何工作经验，找工作的艰难可想而知。

我像无头苍蝇一样东撞西问，一个多月后，终于在开平一家制衣厂找到了一份清点布料的工作。虽然每个月的工资才五百元，但总比没有收入好。然而好景不长，这家工厂因经营不善，很快就倒闭了。内向的我平时几乎不与人交往，因此也没有人问我要不要一起找工作。

收拾行李回家那天，我在车站碰到了一个工友。我叫不出他的名字，便装作没看见。可他一直对我挥手微笑，还坐到我旁边来。他也带着行李，他说他要到江门的一家工厂去上班，然后问我到哪儿去。我低头说我没找到工作，要回家去了。后来，在他老乡的帮助下，我很顺利地有了一份车间流水线上的工作，工资是原来厂子的两倍，另外还有不错的加班费。我很感激他。

后来我才知道他叫阿荣，来自湖南邵阳，三十岁，长得挺精神的，性格开朗，热心助人。最开始，我们俩被分在同一个车间，半个月后，他被选去更好的车间跟师傅学习车床技术了。不过，下班后，他还是经常等着我一起去食堂吃饭。其实，那时我们都没有别的想法，就是觉得彼此是可以信任的朋友。已婚的他只当我是什么也不懂的妹妹一样来照顾。

就这样过了一年多，我被强哥伤害过的心灵慢慢地平复下来，脸上渐渐有了笑容，我知道这多亏了阿荣的鼓励与陪伴。这时，也有别的小伙子来追求我，但是都被我拒绝了。阿荣总问我为什么不趁年轻好好地谈恋爱，然后找个好男人结婚呢？

一天，阿荣告诉我，他的妻子和女儿要来探亲了。我的心里酸溜溜的。这时我才明白，自己一直不愿意接受别的男孩，除了有心理阴影外，正是因为阿荣已经在我的心里留下了深深的痕迹。

我真心希望他们夫妻幸福，就将这份心意隐藏得很深。在我二十二岁生日那天，阿荣陪我一起过生日。喝了点啤酒后，我将自己的过去告诉了他。他说他早就知道了。原来，他无意中看过我的日记，这就是他为什么一直愿意像个哥哥一样陪在我身边。我感动得哭了。此后，他经常托人给我介绍对象。见我都不接受，他急得问我到底想怎样？我可真是好了伤疤忘了痛的人，也忘了什么叫前车之鉴，我不知为什么会失去理智，脱口而出说我只想和他在一起。阿荣也惊呆了。之后，我们有好久都没有再说过话。直到工厂中秋节联欢那天，他将抽奖得到的沐浴露拿到我的宿舍，说他用不着。一见到他，我的眼泪就往下流。他想帮我擦眼泪，我一头扑进他的怀里。就这样，我们在一起了。我告诉他我不会破坏他的家庭，让他放心，只要他在这儿属于我就行。

我们偷偷地在外面租了廉价的出租屋，过起了同居生活。原来，阿荣也一直喜欢我，只是控制着自己而已。我让他照样按时寄钱回家，按时给妻子女儿打电话。生活中，我尽量不花他的钱，以保证这份感情的纯洁。2006年的夏天，我们正式在一起的一年后，我意外怀孕了。我们都很痛苦，舍不得打掉，我一咬牙就决定将孩子生了下来，是个像他一样机灵的男孩。阿荣真的像个丈夫一样对待我，但每次过年过节，他都要回湖南去。我开始渴望过正常的家庭生活。对于我时不时流露出来的这种情绪，阿荣也很苦恼，两边他都不想辜负。

世上没有不透风的墙，阿荣的妻子不知听哪个老乡说了我们的事，一个人赶过来，在出租屋将我和阿荣逮个正着。看着我们已经一岁多的孩子，善良的她并没有责骂我们。我哭着对她说并不是有意想伤害她，她拒绝和我说话，只问了他一句："你回家还是留在这儿?"他跪在地上，看看我，看看她，也哭了……

他的妻子等了三天，阿荣还是没有做出决定。他的妻子一个人伤心地回湖南去了。我以为从此可以拥有阿荣，好好地过一辈子了。可是，在一个没有任何预兆的日子，他收拾好他所有的东西悄悄地走了，什么话也没有留。我没有去追问，因为在他离开前的那段时间，他沉默、消瘦，对我虽然像以前一样好，可快乐不再。他最后还是选择了回家，我能怎么样呢？和阿荣的这些幸福日子，其实是我从另一个女人那里偷来的。我做不到理直气壮。

承担：我要好好地爱自己与家人

阿荣从此销声匿迹，只有越来越像他的儿子提醒着我：我的生命中曾经有过他的存在。

于是，我再一次拖着受伤的身心回到养父母家。接过我怀里的孩子，他们什么也没有问。但我能明显地感觉到，他们的苍老又多了几分。

这三年我很少回家，女儿对我比较生分。我突然间觉得自己就是个罪人，在没有任何保障的情况下，我怎么可以那么轻易地就制造一个生命，然后却负不起相应的责任？养父母渐渐年迈，难道还要靠他们苍老的双手来帮我收拾一个又一个烂摊子吗？

就在那一瞬间，我的伤痛被“责任”两字代替。在女儿和我亲密起来的时候，我又走了。我没有选择，我必须去挣钱。我问过许多工厂，待遇都没有原来的厂子好，于是我忍受着各种白眼与闲话，回去上班。休息日和晚上不加班的时候，我还在步行街当起了“走鬼”，卖一些小女孩喜欢的廉价饰品。不管多忙、多累，我三天两头给家里打电话，让养父母放心，让孩子开心。我的坚强慢慢地得到了工友们的理解与尊重，他们经常送我一些小孩子的衣服和用品，让我带回家。

经历了这么多，我觉得唯一可以相信的就是我自己。当我有了一点积蓄之后，我辞职在江门某条小街租了一个小门面，经过三年的苦心经营，简陋的小店成为一个面向中小学生的精品店，生意还算不错。今年，我打算在江门供一套二手房，把养父母和孩子都接过来一起生活。至于感情，我实在是相信不起了。我想，也没有哪个男人有这样的胸襟肯接受我这样的女人，还有我的孩子。我并没有感到失落。如果这就是我的人生，我会去承担。

我经常看到有成年男人或中年男人带着中学生模样的

女孩来我的店里买东西，而且我确定他们不是父女。每当这时，我就痛心不已。因为，这总让我想起我错误重重的青春。那时，到底是我遇人不淑，还是我不淑而遇人？我在心里发誓，我一定要好好地教导我的女儿成为一个自尊、自爱、自强的女孩，把儿子教育成一个正直、上进、有责任感的男孩。

类似我这样的经历，有个人的原因，也有家庭、社会与学校的原因。如果当初，我的养父母能够和我有良好的沟通，我的老师在课堂上能够给我们讲讲女孩应该怎样应对诱惑，讲讲什么叫爱情与责任，什么是性与欲，我想我也许不会这么无知地从一开始就走错路。

凡俗爱情故事三：

那一夜的冲动与惩罚

在错的时间遇上对的人，婚外情如罂粟般绚丽而有毒地盛放。水儿所讲述的故事令人唏嘘——仅仅放纵一夜，惩罚便是一生。

（一）

那年我二十八岁。和高天的第一次相遇，是在一个朋友举行婚礼的酒店大堂门口，喝醉了的高天来和我握手。很久以后，高天说，我在安静中透着淡淡的忧伤，是个从书本里走出来的女人，是个会让有阅历的男人看一眼便记住的女人——所以，他那天看了我一眼后，就永远地记住了我。

对于爱情，曾经沧海。我早已用一颗死了的心答应了老公的求婚。老公以为我的贤淑温柔就是他的爱情，我愿意他这样认为。因此，听了高天的话时，我在心底冷笑——罗敷有夫，使君有妇，他竟然还这样说。在心里，我认定了高天是个轻佻狂妄的男人。

那天参加完婚礼回家后，老公跟家人说有人在公众场合向他老婆示爱，玩笑中带着满满的自豪。老公不知道，这竟然是个危险的引子。

（二）

每天晚上，在做好一切应该做的家务后，我有我自己的世界。

一天晚上，我管理的论坛信息箱里有个叫“爱情乞丐”的人发来信息，约我在聊天室的双人房见，并说有重要的事要和我说。

“爱情乞丐”问我：“还记得一年前霍记者的婚礼吗？那个醉酒的男人？”我表示不记得。他说他就是那个醉酒的男人，叫高天，已经来这个论坛默默地关注我一年多了。

“那天的事，我一直想亲口对你说声‘对不起’。”他说，“水儿，其实那天我一看到你，我就知道我完了。你漆黑的长发，你梦游一样幽深的眼睛，你与世无争的脸……我三十岁了，第一次感觉到心跳的迷乱。”

然后他又说：“我怕我以后没有勇气对你说这些话了。我的婚姻是家族生意交换的结果。我尊重她，所以我从不乱搞女人。直到遇见你……我经常在你上班的路上偷看你……可是，我们都已经是有家的人了。水儿，以后我不会再这样。你记得要快乐。”

我望着屏幕，发呆了半个小时。努力地去回忆一年前的情景，可是怎么也想不起来完整的过程和他的脸。

晚上老公回来，我黏着他问：“老公，你说的那个叫高天的人，是个怎样的人啊？”

老公说：“他啊，我和他合作过。他人非常好，在他们那行的口碑不错。只是他老婆……还真不敢让人恭维。”

我心情乱了。此后在城市论坛，我再也不敢乱发文字了。

（三）

新年快到了。一天，我在超市购物。结账时，一包瓜子掉在地上，身后一个高大的男人弯腰帮我拾起。看到他的眼睛，不知道为什么，我的心狂跳了起来。“是我，水儿。”他微笑着说。

他抢着帮我付了钱。他说：“咱们好不容易遇见，到可乐吧坐坐？”我想，就当是为了表示感谢吧，于是向他微笑着点了点头。

高天帮我叫了白水。他羞涩地一笑，说：“你在文章中说过，只喝白开水。”我低头喝水。高天斜靠在椅子上喝他的啤酒，他一直在看我。我站起来说：“我要走了。”他突然问：“为什么害怕我？”我抬头大声说：“我没有害怕。”他叹了口气说：“对不起。我送你。”

到家门口下车时，他说：“水儿，人死不能复生，那场车祸过去那么多年了，你应该从回忆中走出来了。你老公很爱你。我不会伤害你和他的，放心吧。”

蜷缩在大沙发里，我发觉我的眼角是凉凉的、湿湿的，我竟然哭了。我竟然为一个只见过两回——实际上只记得见过一回的男人而不安起来。

晚上，老公说有客户请吃饭，我不太情愿地跟着去了。原来，那客户是高天。高天又喝醉了，拉着大家不许走，要大家陪他唱歌。他唱了一首又一首。我坐在角落，看着他，心竟然疼得难受。

我终于知道了高天为什么坚持让老公带上我，而老公却一点儿也不明白。他的老婆被别人的老公深深地爱着，爱了整整两年。

我失眠的坏习惯卷土重来。

（四）

第二天中午，我的手机响了。竟是高天！

“我想你。”说完这三个字，电话就断了。我握着电话，手在颤抖。

这时，手机又响了，是他的两条信息：“水儿，我每次见到你都好想抱抱你。哪怕只抱那么一下。”“晚上我在水云天的319房间等你。”

我吓得关了手机。高天，你不是说过不会打搅我、伤害我的吗?

整整一天，我心神不宁，许多文件都打错了。晚上十一点多，老公加班还没有回来。我颤抖着手发了信息给老公，说我要替单位的一个同事值班。老公回我一个虚拟的吻。

在出租车里，我感到有一种飞蛾扑火般的悲壮。爱是背叛的理由吗？我拒绝去想任何事情。我艰难地挪到了319房间门前，站了许久。我浑身是汗水，想敲门，手却不停地颤抖着。门突然开了，一双有力的大手把我拉进去，我立刻跌进一个宽厚的怀抱。

“水儿，我想你。我他妈的从来没有这样痛彻心扉地想过一个女人。”我怔得大气也不敢出，默默地感受着高天有力而快速跃动的心跳声。一种千年行走终于有了歇脚之所的安宁感觉，让我与生俱来的孤寂感瞬间消失。

我们就这样站在黑暗中，紧紧地拥抱着，忘记了现实和时间。我抬起头，伸手去摸高天的脸。那张俊朗的、轮廓分明的脸上，竟然也是湿的。为了今晚，高天一定是挣扎了很久、盼望了很久吧。桌子上满是烟头和啤酒瓶子。

只过了一天，高天的胡子就长满了脸。

我觉得，高天是我今生无法避开的孽缘，而婚姻——那只是我累了需要蜗居的避风港湾。

我承认我很自私。我尽力地对老公好，对他的家人好，是为了赎我不爱他但又嫁给他的罪。而今天，我已为人妇的今天，我和高天在这里私会。上天应该原谅我，因为我是真的爱他——为了他，我选择了背叛。上天不应该原谅我，因为我是这样的卑贱无耻。

（五）

高天让我躺好，小心地给我盖上被子，然后隔着被子，侧着身子，用右手拥着我，很久很久也不见他开口说话。

“天，你不想要我吗?”

“想。”

“为什么不碰我?”

“我们已经错了，不能再错。水儿，我爱你。不想伤害你。”

“你觉得我轻浮是吗？你看不起水儿，是吗？”

“不，水儿。不是的，不是的。我比任何人都想要你。”

“那么，天，我只要你一个晚上。行吗？”

随着高天的一声低吼，一片滚烫的唇重重地盖在我的眼睛上面，然后是我的唇。高天被我撩得疯狂了。他在恣意地掠夺着我生命的甘泉，浓重的烟草味道和他粗重的喘息让我坠落在彩蝶纷飞的梦中花园。高天像要把一生的激情都燃烧殆尽一样。恍惚中，我在颤抖。绝望而堕落的幸福由远及近，又由近及远地来回缠绕。原来幸福得过了头，是会落泪的。几声呐喊之后，高天伏在我身上流泪。我也仰着脸，无声地流泪。

我们都回不去了，明天，明天我们该怎么办？

（六）

我知道高天和我一样，是没有答案的。

我们只能在这样一个各自说谎的晚上互相得到彼此。

我们有不同的生活轨迹和内容。我们有相同的责任和牵绊。我们在世人眼中只是一对狗男女。

高天用剩下的一丝力气，紧紧地握着我的手。手心相握，连脉搏的跳动都是一样的。

我从酒店房间的抽屉里拿出小剪刀，剪了额前一绺漆黑的头发，用配在裙子上的丝巾包好。高天接过去小心地放好。他从脖子上取下雕着他的生肖的玉坠，抖动着手给我戴上。

我摸着玉坠上的花纹，伏在高天的胸膛上流泪："天，我们这样……只是鄙俗的一夜情吗?"

"水儿，我想离婚。我想每天一睁开眼睛就可以看见你。"他伏在我的肩头流泪。

我哽咽着说："天，我不允许你这样做。我也不想做你的情妇，有今晚，就已经足够了。"

我流着泪帮高天把他的手机打开。他的手机立刻繁忙地响了起来。

我把高天从床上拉起来，温柔地替他穿上衣服，帮他梳好头发，给他擦净脸。高天失神地望着我，然后又流泪了。他猛地把我拉进他的杯里，一阵狂吻。

"我们不要再联络了，也不要再见。天，让我们都好好地生活，好好地对待身边的一切。"我抓起手提袋，小跑着走到门口。

"水儿!"

我转过身，泪如雨下。我飞奔回高天的面前，圈着他的脖子，在他的肩头狠狠地咬了一口："天，请你忘记我。"

（七）

我失语了整整两天。第三天，我开始说话。我给老公做了一顿丰盛的晚餐。我比以前更加贤淑。晚上打开电脑，信息箱里全是高天的留言。我哭着把它们全部看完，然后全部删除。从这晚开始，我换了网名。手机也换了新号码。

我本来就是一个没有心的女人。我不应该有太完满的幸福。我带着高天的玉坠平静地生活，对于那个晚上的记忆，我却再也不敢去触及。只是，高天深情的眼神常常在我的眼前飘过。一天夜里，失眠的我起床到客厅里喝水。关阳台的玻璃窗时，我不经意地向楼下一望，杯子就摔在了地上。那辆熟悉的汽车，那个熟悉的身影，那忽明忽暗的烟头——分明是高天！怪不得我常常会在夜里惊醒，原来是高天在楼下无声地唤我啊。他这样到底有多久了？我的心紧揪着，泪水爬满了脸颊。

这时，老公走出来，问：“老婆，你怎么了?”我抹干泪水，连忙说：“没事，开水烫了手而已。”老公心疼地责怪我怎么这么不小心，然后把我抱回床上。我把头埋在他的怀里，轻声说：“老公，我们要个孩子吧。现在就要。”

老公关掉了灯。我听到一阵汽车的发动声凄凛地划穿暗夜的寂静，感觉有车轮沉甸甸地碾过我的胸膛，绝尘而去。泪水再一次从眼里溢出来，湿了我的脸。

（八）

第二年的初夏，我的宝宝平安地出生。我是个幸福而满足的母亲了。满月酒宴那天，高天的一家人都来了。高天远远地注视着我和我怀中的孩子，眼里是湿润的关切和询问。我假装看不到，低头轻拍着宝宝。

高天四岁的儿子乐乐走过来和宝宝玩。突然，乐乐高兴地叫起来："爸爸，快来看，宝宝的头上和乐乐、和爸爸一样，有三个头旋涡哟。"

终于，我昏了过去。恍惚中，我听到高天的酒杯摔碎在地上的声音。然后是一片混乱的嘈杂……

我再也没有留在老公身边的理由了。我留下签了名字的离婚协议，带着才三个月的宝宝，从广东远走天津。那儿有我的一个大学时的好朋友，她暂时接纳了我们母子。听说高天曾经四处打听过我，而我终是守着那个不要毁了他的承诺，默默地承受着冲动的惩罚。我已经伤害了他及周围的人了，我无法原谅自己。我告诉自己一定要坚强，一定要把宝宝抚养成材——无论有多么苦。因为，那是高天的孩子。

凡俗爱情故事四：

我的老公是个“韦小宝”

《鹿鼎记》中的韦小宝对七个老婆似乎都有真情，离开哪一个都不忍心、不舍得，七个女人也对他死心塌地。韦小宝的生活是不少男人梦寐以求的。而作为一个现代女性，当你遭遇这样“博爱”的伴侣，你会如何抉择？无论从哪方面看，沈小妹都是一个独立而优秀的女人。她文静清秀，谈吐间显露出很好的涵养。她对她的先生的表述，从没用过一个脏字，她说她不想当个怨妇，即使艰难，她已经做出了选择。她希望这选择是正确的。

曾经，

我以为我们幸福又美满

我和他是在大学认识的，他高我一届。在异乡遇到同乡，那是亲人般的感觉。他的家境和我相当，父母都属于高收入的知识分子。他长得其实很一般，却能说会道，很会讨女孩欢心，而且让人觉得他非常真诚。我们很快就坠入爱河。我是初恋，据他自己坦白，我已经是他的第三个女朋友了。可是，又有哪个女人真爱上一个男人时，会介意这个呢？对他花心本质的忽视，最终酿成我如今的不幸。

大学时代，我们的感情还是不错的。虽然大三时，我因为他和几个学妹走得很近而闹过分手，但由于他的家人和朋友们的劝说，我们又和好如初。他自此对我更加好，以示诚意。

为了守在一起，他毕业后留在武汉找工作。瞒着家长，我们租房子同居在一起。也许是因为初出校园踏入社会生活，他处处都表现着自己——特别是在我面前，他这样做是为了让我放心地将一辈子交给他。

我大学毕业后，回家考取了公务员，他也凭着专业优势进了供电部门工作。回江门工作和生活也是他家人的意见，毕竟各种关系都在这儿，还有宽大舒适的自建房。一年后，我们便在双方家长的催促下办了婚礼。这是段门当户对的婚姻，双方父母都满意，我们感情又好，生活无忧，我真的很知足。那段时间，他的幸福也明显地写在脸上，除了上班时间，我们几乎形影不离。

转眼间，儿子出生了。我当然会将重心放在孩子身上，这是每个母亲的天性。起初，他也是围着孩子转的；慢慢地，他开始埋怨我不关心他。工作之外，他不在家的时间越来越多了，和我之间的沟通也越来越少。我并没有将这些放在心上，婆婆批评他不懂事、不恋家，我还因为愧疚无法好好地陪他而处处维护他。

他对我虽然没有新婚时那样体贴，但也还过得去。我们很早就买了车，他经常开车带我和宝宝一起外出游玩。我的生日，或者情人节、纪念日（我们之间有很多纪念日，他都记得），总会有他的礼物送到单位来；晚上，我们就一起吃西餐。在外人看来，我们是多么羡煞旁人的一家三口。实际上，我自己也觉得我应该是属于最幸福的那种女人了，甚至还有那么一点儿小虚荣，也喜欢在外人面前秀着这一切。

原谅，只想给婚姻一个机会

如果不是那次偶然的发现，我会一直这样生活下去，连睡觉也会带着甜甜的笑。

儿子周岁后，公婆出钱给我买了一辆车。有一天，我的车送去修理了，他刚好休息，我便开他的车去上班。晚上下班时，我将车开到汽车美容中心去护理。相熟的师傅开玩笑地对我说，你们夫妻真有情调啊。像俗套的影视情节一样，我在后座的缝隙里看到了一条黑色的蕾丝内裤。为了面子，我强撑着笑容和师傅说笑。

我选择了不露声色。可是这条内裤折磨着我，还没查清事实，我就开始失眠，甚至反感他碰我。多次以后，他说我冷淡，肯定是得病了，叫我去看医生。我们有了婚后第一次激烈的争吵。吵完了，他还是不知道我为什么这样排斥他。我让他自己好好想想，到底有什么没有对我说。其实所有偷腥的男人都一样，有哪个会主动坦白呢？

而我的心结却越来越重。我真不想当一个时刻监视丈夫的女人。我依然在等他坦白。我需要的是尊重与坦诚，我得给他和婚姻一个机会。

偏偏这时婆婆上楼来问我，怎么把女人的内裤放在男人的口袋里，这样是很不吉利的。婆婆有个习惯，洗衣服时总是把所有的衣服口袋都翻一遍才放进洗衣机。每个人的内衣都是各人自己洗，怎么会有内裤？我跑下楼去一看，又是同样款式的蕾丝内裤，只是颜色不同。我瞬间呆在那儿。婆婆看我脸色青白，忙问我有什么事。这次我再也控制不住了，向婆婆吼叫："你问你儿子去啊！"然后就哭着上楼去了，任婆婆怎么问，我也只是蒙着被子哭。儿子被吓坏了，一个劲儿地哭叫着"妈妈"。儿子的哭喊，让我恢复了理智。

婆婆是个明事理的退休老师，马上将他叫回家来。面对眼前的内裤，他眼神躲闪，却不承认在车上搞女人，还说一定是借他车子的朋友干的。婆婆厉声问他是哪个朋友，马上给人家打电话对质，把事情说清楚。他坐在那儿不再开口。他的沉默深深地伤了我，也印证了我的猜疑。我默默地站起来，流着泪走进卧室收拾东西。他进来从后面死死地抱着我的腰，然后跪在地上叫我原谅他，并保证不会再有下一次了。我的心撕裂般地疼，可为了大局，百般考虑后我还是选择了原谅。

真相，
远比我知道的要残酷

虽然这有破洞的婚姻让我的心里有了阴影，但在表面，婚姻还维持着它华美的外衣。他确实是想挽救婚姻的，他恢复了新婚时的状态。为了让我和孩子开心，他极力献殷勤，下班后几乎所有时间都自觉地出现在我们的视线之内。但要回到从前那样的亲密无间，对我来说真有点儿难。看到他和儿子在家里没大没小地玩，我还是觉得很温馨，觉得自己的包容与委屈是值得的。这样的婚姻生活，已经比很多人的家庭要好得多了吧？我这样安慰着自己，甚至没有将他出轨的事情告诉我自己的父母。

而现实却不肯放过我。一天上班，我接到一个女人的电话，约我见面。我心情复杂地去赴约了，因为她说她就是内裤的主人。那是一个年纪比我大五岁的离婚女人，长得有点儿妖艳。她一开口就叫我将老公让给她，并承认一开始是她主动勾引我老公的，可后来发现她离不开他。我老公不肯听她的话和我离婚，还说是看她可怜才安慰她、被她诱惑的。这样的话让她深受刺激，加上他对她的疏远，她便想方设法要破坏我们的婚姻。我强撑着听她在那里发泄，等她发泄完了，我保持着微笑，说感谢她让我们的婚姻充满考验，我们比以前更加相爱了。她气急败坏地扔下一张纸条，说那是另外两个女孩的电话，她们也是我老公的情人，叫我去见见棺材、流流泪——反正她得不到的东西，也不会让我拥有。

这女人走后，我一直在发抖。我想不到我可以这么坚强。半小时后，我镇定地给他打了电话，正在上班的他急匆匆地赶到咖啡厅的包间。看到他，我的眼角马上溢出泪水来。他着急地问我到底怎么了，我将那张纸条推到他面前，问他能帮我打两个电话吗？他的脸色瞬间发青，怔在那儿一动不动。好一会儿，他问我是不是在调查他。我抹抹眼泪，艰难地说：不是我要查你，是上天怕我再受蒙蔽，想让我早点儿知道真相。

我坚持让他当着我的面打电话，不然我就冲到马路中间，让车从我身上碾过去！僵持了半个小时，他终于说，如果我真要听实话，他就一一对我说。

决裂，
尊严与感情不可被践踏

刚走的那个女人是他和朋友一起打麻将时认识的，那时她刚刚离婚，又被一个外地网友骗得连住的地方都没有了。他一直都是热心肠，爱帮助人，特别看不得女人受苦。于是他答应帮她找房子。开始，他真没想过要和她有什么暧昧的事情，可这一帮忙就甩不开她了。她总有层出不穷的状况让他帮她解决，那时我又在怀孕，他哪能抵抗得了一个深谙男女之道的女人的诱惑？

可是，正是因为那时我在怀孕，此时我的心才更加痛。我紧握着拳头瑟瑟发抖，指甲陷进手掌的肉里，鲜血往外流。他想拉过我的手，我使劲儿地甩开，斩钉截铁地低吼道：“你说，你给我全说清楚！就算流血流死，我也要死个明白！”他可能是被我吓住了，竟然老老实实地往下说。

那个离婚女人本来是某银行的职员，不知什么原因没了工作，加上接连的不幸，心理有点儿扭曲。他不止一次地想彻底远离她，可她总以弱者的姿态威胁他，又要吃安眠药、又要割腕。他实在没有办法扔下她不管。

“那这纸条上的电话号码呢？这又是些什么人？你想瞒也瞒不住，不论多残忍，请你一次性对我说出所有的真相。”我冰冷的语气没有任何商量的余地。他低着头，搓着双手，然后羞愧地点点头。那一刻，我几近崩溃，什么话也说不出来，呆坐在那儿。我好像在看一场荒诞的电影，不肯相信我就是里面的角儿。他还是没有开口。好久，我组织出四个字：“你，给，我，说！”

他却哭泣起来，趴在桌子上。我重复了那四个没有任何感情色彩的字。他呜咽着说他真不想伤害我，求我不要逼迫他了。我站起来，拎起一把椅子向他扔过去。于是，他断断续续地告诉我，其中一个就是那个让我们差点儿分手的学妹。他们之所以一直有来往，是因为如果没有他的资助，她就很难完成学业。她对他并非只是感恩，而是真的爱他，还为他怀过孕。为了不拆散我们，她选择了流产。几年来，她一直默默地为他付出，他实在不忍心离开她。另外一个是倒追他的同事，她扬言不用他负责，虽然她现在已经嫁了人，可他们偶尔还是会在一起。他们约好要这样“零负担”一辈子。

说完这些，他又跪在我面前，发誓他真正爱的只有我一个，我是他唯一的老婆，永远不会变。我恶心得直想吐。这是爱吗？他配对我说这个字吗？他见不得别人受苦，却一直让我受苦。他说最不想伤害我，却一直在伤害我。他说他只爱我一个，可一直在背叛我。想起五岁的儿子，想起一直以来我们演出的那些恩爱情景，想起自己的愚钝和后知后觉让尊严与爱情受尽践踏，想起要强的父母得知这一切后将受到的打击，我失声痛哭。

我甚至以为我会这样哭死，可是我没有。当晚，我带着儿子回了娘家。之后，我们一直分居。所有家人都站在我这边，焦头烂额的他使出浑身解数来求我原谅。一生正直慈悲的父母坚决不肯再认同这个女婿。这个男人如此可怕，我连与他多说一句话都觉得恶心，又怎能再与他生活在一起？离婚协议我已经给他三个月了，他至今不签。公婆一家人轮流来做说客，最后见没有用了，便和我争儿子的抚养权。如今是理智解决问题的时候，该我拿的财产我一分不让，儿子的抚养权我绝不放心交给这样的男人，不管以后我还会不会再婚，儿子都得和我在一起。再等些时间，如果他还是拖着的话，就由法院来判决吧。我相信，在事实面前，我能心想事成。我现在只想快点儿结束这一切，好好照顾儿子，培养他成为一个真正的男子汉。

凡俗爱情故事五：

知性女子：越等待越美丽，还是越苍凉

有一种女子，她们默默地固守着自己的爱情信仰，不知不觉地过了三十岁还没能把自己嫁出去。时光与修养甄选出她们的内秀美，她们也许会被越来越多的人喜欢或者欣赏，可是，爱情总是看似很近却又很远地飘在别人的天空。而她们依然不改初衷，积极健康地生活着，乐观从容地等待着。她们都把爱情当作信仰来膜拜，来追求，来等待，有点“宁为玉碎，不为瓦全”的果决。郭小凡便是这样的一个女子，她从没有为“剩女”二字困惑过。比起形式上的世俗婚姻，她更愿意听从内心的声音。

她说：

她的故事和那些媚俗的婚外恋故事，有着本质的不同

在看你的小说前，我差点儿就把自己随便地“解决”掉了。看了你的小说后，我立刻回绝了那个事业有成的男人的求婚。我不能违背来自内心的声音，不能勉强自己“随便”“凑合”地生活。

许多人都会觉得像我这样的女人，想嫁出去实在是太容易了。可为什么我们总是嫁不掉？其实，在都市中，所有坚持等待而嫁不出去的女子，大多都是有故事的。她们或者经历过深刻的爱情，或者沉迷于工作与自我价值的实现，或者对爱情抱有过多的幻想而错过一生的幸福……原因各不相同，但有一点是相同的，就是我们都有一个标签：知性女子。我们好像对某些问题看得非常透彻，可事实上，我们什么也看不透。

我的故事其实并不复杂，甚至有点儿俗套。毕竟每个人的人生都只有一次，于是每个人都会觉得自己的经历是一个传奇——我也不例外。我单身至今的根源，或许要追

溯到第一个我爱上的男人。我非常明确自己对他的感觉，不过可惜的是，他那时就已是别人的丈夫了。

不过，我的故事和那些媚俗的婚外恋故事，有着本质的不同。

她说：

他让她快速地成长着，并让她不可控制地爱上

大学里，我学的是企业管理，却酷爱中国古典文学，因此对于爱情的要求非常纯粹。直到大学毕业，我也没有真正地谈过恋爱。我总觉得我最深的爱应该给最值得的人。第一次见到他那天，我穿着洗得发白的蓝色棉布长裙，到他的公司去应聘。他是面试主考官，眼神很亮，穿着古板而考究的西服，一副面无表情的样子。当我坐下报上姓名、递上简历后，一眼瞥见他的案头一角，竟放着一本翻得有点残旧的《宋词名句精选》。我忍不住眉头一扬，脱口而出："请问，要考我宋词吗？"他先是一怔，随后抿着嘴笑

了，沉吟一下，说："好啊！"接下来的面试简直成了我们的宋词飞花令比赛，旁边的两名考官面面相觑，如坠云雾。

半个小时过去了，我们还在满口唐宋，时而哈哈大笑，时而冥思苦想，谁也不甘示弱。终于有人忍不住打断了我们。我们蓦地静下来，彼此对视了一下，继而哈哈大笑起来。他站起来说："后面的不用考了，就录取这位小姐吧。"我反倒不好意思了，窘得不知如何是好。他对身边的人交代一番，就走了，还一边走一边摇头轻笑。

就这样，我成了他的助理。我是那种很骄傲的女子，不会轻易对某个男人产生好感。工作中，我渐渐地了解了他的创业史和他的性格为人。虽然他只有高中学历，出身贫寒，可他是个名副其实的儒商，见识和胆识非一般人所能及。也许女人天生都有一种爱慕英雄的情结，我对他由欣赏转化为好感，这好感竟然又慢慢地转化为连我自己也控制不了的爱。他也是欣赏我的，在工作中教给我许多让我受益终生的东西，我在他的身边快速地成长着。在一次和日本客户的商务谈判中，我和他珠联璧合，为公司争取到意想不到的利益。不到两年，董事会便一致通过，提拔我做了部门经理。

也许从面试那一刻起，我们彼此间就已经建立了默契。我感觉得到他对我也有着一份特别的感觉，从他在没有人的时候偶尔叫我“丫头”，我感受得到他对我的怜惜与疼爱。一次我感冒很严重，他在会议结束后叫住我，嘱咐我去看医生。而我一忙碌起来就顾不上了。晚上加班，我从洗手间回来后，发现办公桌上多了一杯可乐炖姜和几片感冒药。不一会儿，他打来电话，让我快快吃掉——原来是他叫秘书给我买来的。

那一刻，我真的想跑到他的办公室，扑进他怀里，向他索要更加多的疼爱与温暖。可是我不能。那个时候，我已经知道他有一个在幼儿园当老师的妻子，还有一个可爱的儿子。他的家庭观念非常强，我经常听到他在繁忙的工作间隙，温情脉脉地给妻儿打电话。对于不必要的应酬，他总是一概推掉，他并不像一般商人那样热衷于酒色，这一点在业内是人尽皆知的。

许多女人都明目张胆地表示对他的赞赏和好感，我只是其中的一个而已，只是我从不轻易表露内心的一切。当她们在谈论他的时候，我会在一旁默默地工作。我觉得，这便是爱他最好的方式。

她说：

即使爱，也要爱得有自尊

我知道，他之所以能够如此优秀，是因为有他的妻子在他的身后给他的陪伴与支持，我不想伤害他善良温婉的妻，也不想他左右为难。而他也深知不能给我承诺和相守，所以他从来不会表现出任何暧昧的亲昵。但是，那种默默流淌在彼此之间的牵挂与默契是存在的，我们对此心照不宣。在他的青春年华中，我来不及和他相遇；而在我的青春年华中，却都只是他。四年，就这么过去了。这是一个女人最美好的时光，可是我并不悔，也不怨。

有一次，我无意中听说他儿子的腿上长了一个什么疮，看了许多医生都没治好。我外婆是一个受人敬重的民间草药医生，我放下一切手头的工作订了最近航班的机票，飞了几个小时，又坐了几个小时的长途客车回到乡下，向外婆讨来了一大袋中草药。当我一脸倦容地出现在他的办公室，将那些还散发着大山气息的中草药递给他时，他什么也没有说，只是一把将我拉进怀里，紧紧地拥着我叹气："傻丫头……"我轻轻地推开他，温柔地对他说："快回去吧，孩子还等着呢。"说完掉头便走了。这个拥抱，是我们之间仅有的暧昧回忆。

后来，他儿子的腿真的好了。他的妻诚恳地说要请我到家里吃顿便饭。我慌乱了好一阵，才用平静的语气找借口拒绝了。我害怕见他的妻，害怕去他的家，这种害怕是一种本能，因为心虚。记得他说过他的妻是个典雅贤淑的女子，有时，我真希望他的妻是个坏女人，这样我就可以理直气壮地去爱他、去辅助他了。

没有任何预兆，我被他点名派去南京分公司开发新客户。我知道他的用心良苦——离他太近，随时都会"着火"的，毕竟我们都只是肉身凡胎，有七情六欲。我什么也没有说，欣然地接受了。出发前的那个晚上，公司的高层领导为我饯行，聚餐后，他送我回家。在车上，我们都没有说话，我的心很痛。下车时，他对说我："谢谢你，小凡。"我的眼泪终究没能忍住，他伸出手想帮我拭，我别过头，不敢看他怜惜的眼神。我一直对自己说：不要靠过去，这是别人的男人！他嘱咐我好好照顾自己，便让我进屋了。站在窗帘的阴影处，我看到他的车停在我的楼下，他就靠在车头一根接一根地抽烟。而我，只能咬着嘴唇暗自落泪。

我在分公司拼命地为他工作，我的业绩总是遥遥领先。他从不过问或干涉我的工作和生活，维系我们的东西只有每个月的工作报告。我的工作报告从来不用电脑打印，而是用钢笔写，认认真真，洋洋洒洒。我在含蓄地向他表达着一种心情：见字如晤。

可笑的是，他发过来的批条，也是用钢笔写的，而且是从上海单独快递过来给我。我想，他也是一样的，希望我见字如见人。从那时起，我就深刻地理解了他的矛盾：他怕我想他，可是他又希望我想他。

在我二十八岁生日那天，南京分公司的同事们为我办了一个大型的生日会。那晚，他也来了，是开了两个小时的车过来的，还带着他温柔的妻。

舞池喧嚣，灯影摇曳，同事们放下平时的紧张，疯了似的跳着、闹着。他的目光越过一切晃动的人影，找到了我。我也望见了他。惊鸿一瞥后，我优雅地走过去，礼貌地和他问好，他的妻一直温柔地笑着，送给我一束白百合，说："谢谢你，生日快乐！"我也报以温柔的笑。他站起来，用长辈的口吻说："傻丫头，都二十八啦，别老顾着工作，该找个婆家啦！”周围的同事哄笑起来。只有我知道，他这句话不是玩笑。我突然间感觉愤怒：我的孤单对他来说是如此沉重的包袱吗？不是已经将我调走了吗？为什么要让我看见他的妻？为什么要让我目睹他们的平静与和谐？为什么要明知故问……

那晚，我喝了很多酒，醉得厉害。第二天，我想起前一晚的失态，倒抽一口凉气。这样下去是危险的，毕竟我不想沦落成庸俗的情人角色，也不想伤害任何人，更不想让这份无望但纯净的感情成为大家茶余饭后的谈资……辞职！当这个词语从我的脑海闪过，我被自己的想法吓了一跳。这儿有我如日中天的事业，这儿有我的追求，更重要的是这儿有他的气息……但是，我们同在一个公司，如同同在一个屋檐下，会让我有太多不应该有的想象和企盼。每见他一次，我心中的痛苦就多一分。五年了，我应该让自己自由，也应该让他自由。我的等待永远不会有结果，是时候告别这个属于别人的男人了。

我用最快的速度打好辞职信，立刻让助手递交总部。我不希望自己再有任何时间来思考和犹豫，那样会动摇我的决心。

四天后，他风尘仆仆地出现在我的办公室，在我的对面坐下，一支又一支地抽烟。好久，他摸出我的辞职信，问我准备去哪儿。我说“不知道”。他说介绍我到他朋友的公司去。我立刻说“不用了”。他问我为什么，我说我不想再在他的影响下工作和生活……他诧异地看着我，然后点点头，什么也没有再说，便起身离去。

在门边，他转过身来定定地盯着我，喉结在上下跳动着。我受不了这种目光。他对我说对不起，要我原谅他。我的眼泪就哗地落下来，一个劲儿地摇头。当我终于止住泪水后，我扬起脸，努力给他一个微笑并告诉他，一直以来他都是对的，这让我更加敬重他。他笑了笑，对我说，其实他也一样，觉得我是对的，他也更加尊重我。

最后我问他为什么要亲自来，他说想来看我最后一次，亲口跟我说一声“对不起”。他真傻，都三十好几快四十的人了，还不明白爱是不必说抱歉的。但听了他的话，我的心像窗外的秋阳般温暖。我感谢他能亲自来告诉我这些，以后当我想起他时，也就不会再有什么遗憾了——起码我明确地知道了，我在他的心中，是有一个位置的。

从上海到南京，再从南京到广州。我永远地脱离了那个男人的视线，永远地从那个男人的天空撤出。我不用再为了他而拼命地工作，我将会慢慢地忘记他，我会有一个新的开始……

她说：
最深的爱是放手，最深的祝福是遗忘，最深的幸福是感恩

爱着一个不能得到的男人，而且是真爱的时候，就不会计较是否有结果、有永远。只要他好好地活着，只要他快乐，只要他顺利，就是自己最大的安慰。你看过《一个陌生女人的来信》吗？那种一个人的坚守是那么悲壮与决绝，可是你不能否认那也是一种爱情。是的，我非常明确我爱他，当爱情只能以一个人的形式存在，我选择离开。

在广州这座我完全陌生的城市，我谋了一份好工作，有不错的收入，一切都是新的。我还是一个人住，在一座白领聚居的公寓，过着简单的生活。

我以为我离开了他，就可以接受别人的爱，就不再孤单；我以为割舍一份没有开花的感情很容易。可是，当我尝试去爱别人的时候，我发现自己真的无能为力。几次尝试下来，我放弃了。强迫自己去忘记一个人是困难的，那只会适得其反，而企图用另一个男人来帮助自己忘记他更是不道德的。

现在，我还是会经常想起他。我感谢他教会我爱，教会我责任，教会我做人，教会我许许多多。我从来没有得到过他，可是却得到了其他更多我意想不到的东西。我渐渐地懂得了，最深的爱是放手，最深的祝福是遗忘，最深的幸福是感恩。

也许你说得对，女人的天真其实与年纪、磨难无关，它是与生俱来的对美好的向往和追求。只是，有的女人向现实妥协了，有的依然在坚持。虽然我现在依然孤单，可是我很自豪，因为我的心里，依然保留着这样一份相信美好和期待美好的天真，我选择继续等待。对于感情，我也并没有绝望。我还是憧憬着能够有一个像他一样能触动我心灵的男人，也许他就在不远处。这样的男人一定是存在的，遇得上，是我的幸运；遇不上，我也不怨艾。

女强人的生活，从来都不是我的向往。我其实只想做一只温柔的小鸟，栖息在爱人的港湾，一起去沾那洗碗池里的污水，一起去调厨房柜子上的油盐。而这个梦想看似简单，却让我望而却步——没有爱，我怎么能随便栖息呢？

凡俗爱情故事六：

她那六年名不副实的涉外婚姻

我所接触的离婚女人，大多都会因为离婚而痛苦，而小兰在拿到法院的离婚判决书时却如释重负，甚至无比欢欣地对我说：她终于自由了，可以重获幸福了。在这场涉外婚姻的骗局中，她早就学会了自爱与自强。她拜托我对其他向往涉外婚姻的姐妹说一声：婚姻绝对不是出国的跳板，要慎重对待。

初踏社会，
韩剧式邂逅不可抵挡

2002年，高中毕业两年的我进入江门一家挺有名的酒店工作。由于气质比较温婉，说话得体有礼，我被分

配到前台的岗位，主要负责入住客人的登记工作。当时的我刚过二十岁，对生活充满了种种美好的幻想。在我的同学与好友当中，有好几个都通过相亲的方式嫁到国外去了，她们的婚礼办得很风光。我的心里除了羡慕，也在暗中思忖着，要是我也能遇到一个海外的“金龟婿”，那该有多好啊！那样的话，这辈子的生活都不用愁了。

怀着这样的想法，我拒绝了好几个当时追求我的本地男孩。转眼间，就到了年底，入住的客人多了起来。我留意着那些持有外国国籍的男人，他们要么是带着女朋友或妻子的非单身人士，要么就是素质与社会地位都比较高的精英男士，这让我望而生畏。

一天晚上，有个客人打电话到前台咨询酒店有没有干洗衣服的业务。他说着生硬的普通话，口音很奇怪，我想这应该是个外国人吧。我们酒店没有干洗业务，但我主动提出可以帮他拿到外面的干洗店去洗，让他把脏衣服带到前台来。因为酒店有规定，我们是不能单独到客人的房间去的，而且我也不能离开工作岗位。不一会儿，一个四十多岁模样的亚洲男人提着一个大塑料袋来到前台。他比画着和我交流。原来，他是韩国人，姓朴，经常来中国出差，这一次是要长驻在江门一段时间。他的温和有礼给我留下了很好的印象，其实当时我并没有多想，毕竟他的年纪似乎太大了些。

两天后，我给他的房间打电话，请他下来拿洗好的衣服。他拿起衣服看了看，很满意的样子，然后笑着说谢谢我，还非要等我下班后请我喝咖啡。他真的就坐在大厅的沙发上一直等到我下班。我盛情难却，只好跟他说我不能和客人在酒店的咖啡厅一起出现。他很善解人意地说他已经打听好了，这附近就有一家西餐厅很不错。

当时已经到了晚饭时间，之前说好的喝咖啡就变成了共进晚餐。他很健谈，即使用生硬的普通话也能讲出不少趣闻来。那天晚上，我们相处得很愉快。结账的时候，我听到那个数字吓了一跳——才吃了那么一点儿东西，就花了八百多块钱，我的心里觉得很不好意思。

中年外籍男人的攻势
顺利征服全家

从此，朴先生经常打电话到前台找我聊天。在我下班后，他总是约我一起出去逛江门有特色的地方，请我带他吃江门美食。他说是请我当导游，打消了我心里的那点儿不好意思，就放开了和他一起逛。我发现他其实很有活力，一点儿也不像将近五十岁的男人。有一次，我无意中问起他的家庭，他的眼神暗淡了下去，说他只有一个人。

过年前，他突然说他暂时不回韩国了。我问他为什么，他说这儿有东西把他留住了。我问是什么。他拉起我的手说，就是你啊。然后，他将早就准备好的戒指递给我。这突如其来的浪漫让我有点儿措手不及。他让我回去好好考虑一下。

那天晚上，我失眠了。回想着多日来他出手阔绰、善解人意，加上韩剧里那些唯美的场景影响，我的心早就向朴先生倾斜了。在认识不到一个月里的一天晚上，我留在他的房间里，献出了我的初夜。

第二天，他便跟我回家见了父母。朴先生带到我家的那些大袋小包的礼品，让邻居艳羡不已，大大地满足了我和家人的虚荣心。父母对这个突然出现的外国准女婿很满意。朴先生对我父母许诺先和我登记结婚，然后再将我申请出去。

沉浸在幸福与虚荣中的我和父母，根本没有想过要去调查朴先生在韩国的真实情况，对他所说的话深信不疑。

甜蜜新婚期，他却突然独自回国

随后，朴先生便通过他的朋友打听香港婚姻注册的有关条例与手续。香港法律允许外国国籍的旅行者在当地注册登记，但必须排期。他说没关系，他可以在江门一边做贸易生意一边陪我等。

江门离香港很近，朴先生为我办理了通行证后，我们便到香港旅行并报名填写了注册表等待排期。在香港，我们像度蜜月般度过了一星期，之后我回江门继续上班。回到江门，我和朴先生俨然一对新婚夫妇般地出双入对，他也搬到我的出租屋与我同居了。他对我宠爱有加，那段日子真的很甜蜜。

等了一个多月，终于排到我们登记注册了，我们又去了一次香港。这次，我们没有游玩，拿到证书当天就赶了回来。为这事，我还生了场闷气，他解释说是香港的物价太高，用同样的钱在江门可以得到更好的消费体验。

在同居生活期间，他并没有什么明显的异常。他像个真正的丈夫一样呵护着我，偶尔也陪我回家看望父母让他们开心。只是，他对之前承诺的买房子这件事一拖再拖，不是说这个位置不好，就是说那个价格不划算，要么就是说设计不合理。他还安慰我说房子是一定要买的，但既然是我们的爱巢，当然要选好的；还说只要房子一选好，他就给我办一场盛大的婚礼。我满怀期待地相信了他。

在一起五个月后，他突然说要回韩国一趟，因为那边的生意出了点问题。我虽然不舍，但作为女人，我当然得支持男人的事业啊。他独自回到韩国后，最开始的那十来天还时常给我打电话。后来，电话渐渐少了。我拨通他留给我的那个他在韩国的电话号码，一直没有人接。后来，终于有人接听了，却说原屋主已经搬走了。我意识到不对劲，想找他在江门一起做生意的那些人打听，这才发现他的朋友，我居然一个也不认识。他所谓的贸易生意，就是了解到哪儿有好货源，就用一个电话或一个邮件将生意介绍到韩国去。打开电脑，里面的许多文件夹都被他清空了。我这才意识到：我被骗了。

“金龟婿”杳无音讯，远赴韩国寻真相

我就这样开始了不明不白的“婚姻生活”，受尽了熟人的嘲笑与白眼，还有家人的抱怨。为了心中那一口气，这样过了三个月后，我将朴先生给我买的那些首饰变卖了，加上我自己的一些积蓄，托朋友为我寻找渠道，登上了飞往韩国的航班。

当我风尘仆仆地抵达韩国仁川，好不容易才找到朴先生告诉我的地址时，发现那儿真的早就换了主人。我以为是他躲着不肯见我，就在门外守了三天三夜。那家主人见

我可怜，将我请进去，仔细询问了我的经历。他们一家都很同情我，让我在他们家住下，并给我做了一桌子好吃的饭菜。那家主人是一个医生，他说他们搬进来前，确实是姓朴的一家在住，不过那好像是一家五口。原来，朴先生在韩国早就有家庭和儿女了。当时我就失声痛哭。

第二天，我就打算回国了。那家人将我送到机场，答应帮我找一找朴先生，说一有消息就会告诉我。在飞机上，我止不住地流泪，只怪自己太虚荣、太天真。既然那姓朴的有心欺骗我，找到他又有什么用？从此之后，就当他死了吧。

自强不息遇真爱，先离婚后结婚

一回到江门，我就辞职了。我换了个工作，希望自己能重新生活。我的性格变得沉默多了，不再轻易相信别人，每天拼命地埋头工作。也许正是因为这样，加上我一直自学电脑知识，不到两年，我就被破格从车间调到办公室做文员。但我毕竟是一个正常的女人，在心底还有着对爱情与归宿的渴望。

在我单身生活五年后，也就是在我二十五岁时，我认识了一个叫阿强的小伙子。他就住在我新租的房子的隔壁，是做蔬菜批发的。和我一样，阿强也是高中一毕业就踏入了社会。他勤劳耿直的个性和对我细水长流般的关心打动了我。当我向他说出我以前的经历时，他说他早就知道了，还说他是打听过我的过去才决定追求我的。

我的眼圈立刻就红了，想不到还有这么好的未婚小伙子不嫌弃我。可是我心里还是害怕，怕再次被欺骗，怕再次受伤害。所以这一次，我无论如何也不能轻易答应了。遭到我委婉的拒绝后，阿强并不灰心，依旧像大哥一样关照我。许多人都劝我不要错过阿强，不然以后会连肠子都悔青了，可我还是无法卸下心中的防御。后来，阿强将他的母亲接来小住，实际上是来相看我的。他的母亲对我不但没有偏见，还夸我心灵手巧、懂事稳重。我终于接受了阿强。

可是，当我们决定结婚去登记时，却被告知我还没有离婚，不能再登记注册。我的头脑一片空白。都过去七年了，我上哪儿去找朴先生离婚?

后来经朋友指点，我们去找了律师。律师说，中国内地公民在香港的结婚注册证书要经司法部委托的香港公证律师进行查证，然后出具蜡封的公证文书，再加盖中国法律香港服务公司的转递章后，才可有效地在中国法院使用。阿强焦急地问我那证书还在吗，我却已经毫无印象。花了两天时间，我才在父母家将那个记录着我的屈辱史的香港结婚注册证书从旧书里找出来。在律师的帮助下，我单方面向法院提出了离婚诉讼，终于结束了这场名不副实的七年涉外婚姻。

现在，我和阿强已经有了一个半岁的男孩，我们互相扶持，用自己的勤劳所得在市中心买了一套九十多平方米的二手房，生活平静而温馨。想起七年前的那场荒唐婚姻，我的内心依旧痛苦。我不想说原谅不原谅或者恨不恨的话，我现在只想好好地过好自己的日子，珍惜这来之不易的一切。

凡俗爱情故事七：

婚姻杀手：如鲠在喉的“AA制”

“AA制”是从西方传入的舶来品，就它本身来说，无所谓好坏。本文的主人公阿怡却咬牙切齿地说，这是杀死她婚姻的罪魁祸首。听完她的讲述，与其说“AA制”是杀手，还不如说她遇上了一个自私狭隘的男人。然而，又有多少女人能够勇敢地承认自己错了？恨自己，总比恨别人来得困难、来得痛苦。

向往，
“AA制”的自由与公平

记得有一部老电影叫《初恋时，我们不懂爱》，而我，不仅不懂爱，更加不懂得婚姻。在我二十三岁的时候，毫

无征兆地与初恋男友分手了。至于原因，现在想来有点好笑，只是我们都太年轻，不懂得妥协与珍惜。

紧接着，我在朋友的介绍下认识了当时条件一般的阿国。还处于失恋阴影中的我对他印象并不好，一开始，我是懒得理会他的。其实，当时我身边比他条件好的男孩子很多，只不过他是一个很会察言观色、投其所好的人，在我最需要安慰的时候，他恰到好处的殷勤起到了决定性的作用。再加上周围的亲友众口一词地反对，年轻任性的我像中邪了似的，偏偏要证明给他们看——我是对的。就这样，我迅速地与阿国同居，然后登记结婚。纵使别人说他有千般不好，说他根本配不上各方面都还算优秀的我，可我觉得只要他对我好就行了。

实际上，在确定关系前，他对我还算大方，也很体贴。可我没想到，这是很多男人为了达到目的而伪装的。同居后，我就发现阿国非常看重钱财，经常旁敲侧击地打听我的工资收入、花费、存款还有家里的负担等问题。我是一个很单纯的女孩，我觉得两个人在一起，不就应该彼此信任、坦诚相待吗？于是，他问什么，我就如实答什么。但我从来没问过他，因为我觉得这根本没意义——要是看中钱，我根本不会和他在一起。

世上的事总是这样的，一个人的优点经常也是弱点。他似乎抓住了我性格上的弱点，开始慢慢地控制我的行为与思想，让我更加听他的话。我想，反正我已经是他的人了，夫唱妇随又有何不好，只要两个人和和美美就行了。在家庭开支与个人钱财上，他频繁地提议“AA制”。我们都是工薪阶层，虽然算不上富裕，但也不会很穷。我想“AA制”就“AA制”吧，反正我的工资也能养活我自己，我还可以自由地支配自己的钱，何乐而不为？可这一答应不要紧，他却来劲了，拿出一份早就打印好的协议让我签。我懒得细看，便签上了我的名字。

从此，“AA制”如影随形

协议中规定，家用他出60%、我出40%，买大件的家用电器或者要一起参加喜宴时也按这个比例，其他开支就由个人自己安排。我清楚地记得，当时他还说了一句这样的话："真便宜你啦，你看都是我出得比你多！"

新婚的幸福在于一个"新"字，当时我觉得这样没什么不妥，于是两个人都兴高采烈地履行着"AA制"。亲友们本来就觉得这个男人不好，如今一听说我们约定"AA制"，更加说我傻。我费尽力气解释这种制度的先进与自由，可没有一个人认同我的想法。

慢慢地，我发现生活似乎不对劲了。他不再给我和家人买东西。他像往常一样陪我逛街，却不再主动付款，还会提醒我说："这是你的东西，你自己付钱哟。"后来，连到我父母家去买的那些水果，他都不愿意掏钱了。他就站在那儿看着我挑，不动手，也不发表意见。去超市时，采购我喜欢吃的零食，大袋小袋的也是我付款，他就只拿一袋面包。在收银台，我们各自付账。有时我叫他帮我去买点儿什么东西，他会理直气壮地告诉我多少钱，让我给他钱。好不容易打算外出吃个饭，他还要问钱怎么出。

有一次，我们一起去买一台平板电视，七千多块钱。刷卡时，他对收银员说，他的卡只刷四千块。收银员说这卡上有足够的钱呀。他说剩下的钱由老婆付。当我把银行卡交给收银员，我明显感到周围人那种奇异不解的眼光。

和朋友一起出去，别指望他会主动请客。就算是他叫大家一起出来，他也只会吆喝一声："'AA制'啊！"因此，除了工作上的同事，他在生活中几乎没有朋友。久而久之，他的这种处事方式连累得我身边的朋友也不愿意和我来往了。

我父母生日时，为了让父母开心，我嘱咐他给点儿钱或者买贵重点儿的礼物。还没等我说完，他就说：那是你的父母，你自己负责，再说他们当初那么反对我们在一起，我还没和他们计较呢！我将不快压在心底，给了他一千块钱，让他以他的名义给老人。而到了他母亲生日时，我当着他的面给了婆婆一千块钱。见我给了，他便没有再给婆婆钱。回到家，挣足了面子的他却再没有提起过这笔钱。实际上，我没想叫他还我那一千块钱——毕竟都是一家人啊，可他这种表现实在是让人心寒。

更可气的是，在实行"AA制"之前，我没想到家务的分担也应该平分，所以家务都是我在做。结婚一年多后，我才突然想起这对我太不公平了，可他却以协议中没规定为理由，坚决不做家务。

干脆，睡觉也“AA制”吧

后来，我不买菜做饭、不做一切家务，每天回我父母家吃饭，以示抗议和不满。他终于妥协了，想了个折中的办法——一起到我父母家吃饭，伙食费我们对半开。

在与他相处的日子里，单纯的我也慢慢地学会了计算。要是在以往，给父母多少钱我都不会介意，可这一次我不傻了。这是我的娘家，是我的父母付出一生的心血抚养我成人嫁给他当老婆，是我的父母付出劳动和时间做饭给我们吃，凭什么要我出钱？他很不甘心地答应伙食费由他来出，但只肯出六百块钱，说什么也不肯给一千元。我说，那你自己在外面吃吧。他果真在外面吃了一个多月，实在受不了才又提出给一千元，回我母亲家吃。

这是婚后我唯一的一次胜利。可对“AA制”，我已产生了极度的怀疑与厌恶。直到那次我生病，买药时他在旁边看着我自己掏钱，像不关他的事似的，我的眼泪再也忍不住了。我终于真实地表现出我对他和婚姻的失望。我甚至觉得，这是典型的本地人说的“合米煮饭”般的婚姻，甚至连这都不如——我们的婚姻哪有一点家庭的温馨与夫妻的温情?

我们吵架了。面对我的爆发，他非常诧异，还问我是不是受了谁的唆使。我脱口而出地吼道：干脆，咱们睡觉也“AA制”吧！他以为我在开玩笑，结果是我执意分居——因为我已经没有办法和这样的男人过下去了，更别说让他碰我。

痛恨，“AA制”杀死了婚姻

其实，我是提出过离婚的，可他说他会改。而且，我也不甘心两年的婚姻就这样画上句号——因为他也并非一无是处。可是分居后，我的身心都倍感舒畅，这是一个非常不好的信号。不过，我不敢把我的这种舒畅表露出来，因为我看到他真的在努力。婚后第一次，我知道了他的银行卡号与密码，知道了他的私房钱到底有多少。也是婚后第一次，我听到了这句足以让女人感到幸福的话：“钱就在这里，你随便用吧。”其实我心里清楚，他说这句话的时候并非是完全的真心实意。

然而，江山易改，本性难移。不管他如何表达他是多么爱我、多么在乎这段婚姻，他还是他自己。他已经习惯了掌控着经济大权，已经形成了顽固的人生价值观。我的弟弟上大学，我当然要分担一定的费用，这是毋庸置疑的责任。我试探性地问他可不可以出一半钱时，他起初答应得挺爽快。父母听了，很欣慰。我们都以为我们的婚姻从此真正出现了转机。可是到了交钱那天，他却变卦了。他说这大学四年下来，一半的费用少说也得四五万，可是你们父母有退休金，也不穷呀。我问，你是不是不愿意出钱了？他沉默不语。我已经知道答案了。其实，我自己完全可以负担弟弟的学费，可我什么也没有再说，异常平静，因为这个人已经影响不了我的心情了。

后来，我还知道了一件事，当我们的婚姻亮起红灯后，他便悄悄地将他的存款和股票转移到婆婆的名下。我在心里轻笑——那些钱加起来一共也不过十来万吧。我一直以君子之心来对他，他却拿我当小人般来提防。我在他心中的分量，这桩婚姻在他心中的分量，信任与理解在他心中的分量，不过如此。这时，我开始庆幸没有过早要孩子。或许从一开始，我心里就有预感——他不是那个能与我过一辈子的男人。

这样的日子真是越来越没有意思。过了一段各方面完全“AA制”的生活后，我提出离婚，并扬言老死不相往来。我看不起这个男人，一想起和他在一起的种种时刻就恶心不已。我也痛恨这万恶的“AA制”。在中国社会的婚姻里，它绝对是水土不服的。后来我才知道，就算是在西方，“AA制”也不是他所理解的这样。良好的婚姻，不管何种模式，都应该是你中有我、我中有你。可惜我明白得太晚了。

也许，这就是成长的代价吧。幸好，我还不到三十岁，一切可以从头再来。希望天下的女孩在选择丈夫的时候，一定要冷静、理智，别像我这样傻。一个男人有多少钱不是最重要的，最重要的是他舍不舍得为你花钱。其实对很多女人来说，她所重视的往往不是物质本身，而是物质背后所代表的心意，那便是生活中他对她的爱。

凡俗爱情故事八：

强迫父亲再婚的“不孝女”

坐在我面前的是一家三口，他们彼此关爱地嘱咐对方多吃点儿。我受邀赴这个晚宴，看着这平常而温馨的人间天伦情景，心里感慨万千。实际上，这是一个刚组建半个月的家庭。新郎何伯六十三岁，新娘吴姨五十六岁，那个一直给他们夹菜的女人是何伯的亲生女儿小莉，今年三十岁。何伯和吴姨都说，没有小莉的催促与执着，也就没有他们这晚年幸福的第二春。

何伯说：

“不孝女”总想让他丢老脸

何伯是那种典型的“五邑老头子”，即使后来洗脚上田，优渥的城市生活也抹不去他憨厚质朴的农民本色。他的话不多，言语也不怎么连贯流利，需要我好好地去组织、整理才能将他表达的意思弄清楚。不过，在他的言辞神采间，还带着这个年龄少见的意气风发。

小莉前面还有两个哥哥，他们都在国外谋生活。实际上，小莉夫妇一直和何伯住在一起。表面上，何伯和这小女儿一直在吵吵闹闹中过日子，但他们彼此之间从来没有真正怨恨过对方，他们只是如同许多含蓄的中国人一样，将爱用嗔怪的方式表现出来而已。

相濡以沫的老伴中风去世那年，何伯才五十八岁。他说这丧偶的年龄不知道算是中年还是老年，他内心的凄苦无从表达，便将一切精力都放在照顾孙子上。儿子们在国外成家后，把生下来的孩子都送回国内来。大儿子有一个男孩、一个女孩，小儿子有一个男孩，加上小莉的两个女儿，家里热闹得像个幼儿园。尽管请了保姆，但何伯还是事无巨细都要过问，甚至亲自去做。夜深人静之后，何伯总是要盯着床里侧那个空空的枕头看上好一会儿，才能入睡。

就这样过了三年，大孙子上了高中、中间的三个孩子上了初中，他们全都住校，就连小莉的小女儿读的也是全封闭的双语寄宿小学。何伯一下子清闲下来，却感觉有点儿无所适从。

小莉夫妇一有空就会陪何伯喝茶，节假日也时常会带上几个孩子和何伯一起外出度假。每当这时，何伯总会感叹老伴命薄，没福气和他们一起享受天伦之乐。有一次，小莉问何伯有没有玩得好的女朋友。何伯气得将她骂了一顿，而小莉却似乎并不在意，还自作主张地让一些专门帮人做媒的人到处打听，问哪儿有合适的同样丧偶或者离异的中老年妇女。

“这丫头商量都不和我商量，就要给我安排相亲。你看我都是快要入土的人了，竟然还要女儿陪着去相亲，这不是要丢尽何家的脸吗？我就骂她不孝，嫌弃我老了，不中用了，可我花的钱又不是她挣的，是儿子寄回来的，也不妨碍她什么呀！更让我气愤的是，她竟然说服国外的两个哥哥来怂恿我好好相亲。他们这么做，九泉之下的母亲会原谅他们吗？会原谅我吗？”

何伯这样说，却惹来朋友们的一致羡慕。有多少单身老人想要重组家庭，却屡遭子女的强烈反对呢！可何伯就是不肯接受小莉的相亲安排。父女俩为了这件事，发生过不少争执，父女关系一度十分紧张。

小莉说：父亲不寂寞了，才是他们兄妹的幸福

“反正啊，当初父亲认定我就是嫌弃他、不想照顾他，说我为家门抹黑了，还到处对亲戚朋友说我不孝。我也被好多人劝说过：哪有主动为父亲找女人的孩子呀，现在的人这么现实，就算嫁过来，到时分家产怎么办？其实，我是这么想的：房产都是我哥哥的，至于父亲他自己的钱，他有权支配；再说，就算父亲为那女人花钱也是应该的，毕竟人家愿意给父亲幸福的晚年。我的出发点只是希望父亲开心、不孤独，毕竟很多东西不是子女能给予的。”性急的小莉插话进来。

小莉说，当时她担心的不是父亲的不配合，而是到底有没有那样一个与父亲合拍的好女人出现。因为小莉一家也准备一年后移民国外，可何伯又不肯跟着一起走，他身

边没有人照顾，小莉实在放心不下。

何伯每天固定的生活程式是：早晨五点起床爬山，然后回家洗澡，八点左右与几个朋友去茶楼喝茶直至中午，午饭有时吃、有时不吃，看看电视，然后睡一个小时的午觉，下午三四点去听老人们唱粤曲，晚饭后散步，晚上八点左右又约上几个朋友去茶楼喝茶。相熟的人都羡慕何伯的生活“很风流”。

“我知道父亲在半夜时常常起床，然后就睡不着了，唠唠叨叨地与‘母亲’说话。如果我们一家和孩子都去国外定居了，父亲回到家该多冷清啊!”

何伯坚持说他过得很开心，何况他又不是老得动不了，不需要人照顾。小莉认为正是因为父亲还健康，看上去还年轻，才更应该放下顾虑，珍惜时光，享受人生。

何伯就这样不情不愿地被骗到茶楼与不同的妇女喝茶，可是没有一个对得上眼。这可急坏了小莉。

有一天，小莉在客厅接媒人的电话，媒人抱怨何伯执拗，说不想管这事了。钟点工吴姨碰巧听到了小莉跟媒人的通话。等小莉挂了电话后，吴姨安慰小莉不要着急，说到底还是作为女儿的小莉不够懂得老人的心理，不能明着来硬的，特别是这种事情——就算是何伯心里愿意，可被女儿这样安排，脸上也过不去呀。

小莉虚心地向吴姨请教，一细聊，才得知这个平时话不多、细心勤快、乐观和善、手脚又干净的农村妇女，三年前老伴也去世了。吴姨的两个女儿都已经成年嫁人了，孩子们也孝顺，其实吴姨不愁没钱花，但她闲不住，便在家政公司做了钟点工。

“我当时觉得吴姨说的有道理，就改变了方法，也改善了和父亲的关系。我还找到家政公司，要了吴姨的资料，暗中查访，得知吴姨的口碑很好，于是计上心来。”小莉得意地说。

本来，何伯家是有一个保姆的，用了很多年，相处得像家人一样，小莉也不好意思辞退人家。刚好那个保姆的孙子生孩子，她也说自己年纪大了，想辞职回家帮忙带曾孙。就这样，在小莉的主张下，吴姨便成了何伯家的专职保姆。

对这个安排，何伯一点儿也没有察觉出有什么不妥，他对吴姨的工作表现很满意，时常对小莉赞扬吴姨会做事、很得体。小莉偷笑，可是时机未到，她还暂时不敢提她内心的想法。

吴姨说：
从没见过这样撮合父亲再婚的女儿

“那时，我根本没想到这是小莉精心安排的，更没想到她会去调查我。我只是做好自己的本分，加之听小莉说过老何的身世，我知道失去老伴的那种苦楚，在做好保姆工作之余，也会和他聊天。当时，我真是没有非分之想。我两个女儿挺孝顺的，我也从没想过我这把年纪还要再婚。”吴姨有点儿羞涩地说。

吴姨更没想到的是，小莉背后找到她的女儿，说明来意，问她们如果母亲再婚或者找一个晚年伴侣，会不会介意。起初，大女儿接受不了，但听了小莉的分析，同时也看出她的诚意后，小女儿说服了大女儿，表示默许。何况他们最后成与不成，还是未知数呢。

“老何是个好人，每个月小莉付了工资后，他总要额外给我三百元，让我找姐妹们喝喝茶、逛逛街，或者买点儿补品什么的。有时我感冒了，他都不让我工作，自己动手做饭。我觉得这家主人好，就想加倍地做好工作来回报。要不是那次老何生病的事，我们也走不到一起。”吴姨说。

有一天，两个女儿分别从江门和珠海回来看吴姨，还专门提出要到她工作的人家坐坐。对此，吴姨很为难。女儿们非要来，吴姨也没办法，可她不敢对何伯说，便先问了小莉的意见。没想到小莉一听就同意了，还说她将家照顾得这么好，到时安排两家人一起吃个饭。

“当时，我真是受宠若惊。老何得知我的女儿们要来，嘱咐我买好多新鲜的水果放着待客，还把国外寄来的零食抱了一大堆让我给女儿们带回去。我们真不知道两个女儿是打着看我的名义来考察何家和老何的啊！从没见过这样撮合父母再婚的女儿……”

后来，女儿们说这个何伯看上去不错，妈你可以和他在一起。这话让吴姨摸不着头脑，嗔怪她们别乱说，影响不好。

“当时，我说人家是有钱人，咱们高攀不上。女儿们就说还不都是农村出身，又都丧偶，俩人相处和谐、有个伴，她们也就放心了，反正也不图人家的钱。我听了心里很生气，愈加理解老何当初对小莉生气的心情。其实，老何是不知道我没有老伴的，小莉叫我不要说。开始，我还以为她怕我动歪心思‘勾引’老何呢……”

说到这里，吴姨又羞涩地低头笑了起来。

何伯说：
用真情互相取暖的晚年不孤寂

“幸亏开始不知道，不然我肯定认为这是‘不孝女’的安排，对小吴心生排斥。”何伯的言辞一转，话语里饱含着对女儿的感激和对吴姨的爱护。

吴姨不仅比上一个保姆年轻，而且她真的做得很好，又懂得分寸。何伯心里对她很有好感，但根本没往那方面想。

直到何伯的大腿上长了一个大疮，看了不少医生都好不彻底，折磨得他叫苦连天。吴姨便说她小时候在农村见人得过这病，是用草药敷好的。后来，她便坐车回老家打听草药配方，还亲自上山去摘。

“要知道，现在封山育林，草木茂盛，她一个女人竟然独自到深山找草药，还摔伤了腰。草药采回来后，她用老家存着的‘七月七水’天天舂药给我敷。我很感动，特别是得知她的腰伤了也不去看医生时，简直气得想骂人。我强行将她带去医院拍片、做理疗，没想到她竟然哭了。我问她，她也不说为什么，后来我想她也是感动了——毕竟我们都是好几年都没有异性关心过的人……”

何伯告诉吴姨的女儿们说，吴姨腰不好，来接她回去休养吧。想必是几个孩子暗中串通好了，吴姨的两个女儿说母亲在何家养伤就行，还告诉何伯她们的父亲早就不在了，她们工作忙，麻烦他帮忙照顾一下母亲。

“当时我的心里五味杂陈，同是天涯沦落人，怪不得我总是觉得和小吴很合拍，原来是因为我们有相似的经历啊。”何伯感慨道。

就这样，他们越走越近。何伯不好意思对小莉说是他在照顾吴姨，是他在做饭、做家务。何伯还平生第一次撒谎：他让小莉一家不要回来吃饭了，说家里没人，吴姨请假了，他和老朋友外出去旅游了。

“就这样过了几天，没想到小莉突然回来了。见到我和小吴都在家，她一点儿也不惊讶，跟个没事人似的。我很不自在，编着理由解释。小莉直接说别编了爸爸，难道这样不是很好吗，也省了一笔媒人费。”

这时，他们才明白，原来小莉什么都知道，心里想生气，可又生不起来。

“因为我心里清楚，这样确实挺好的。面对大大的房子，心里再也不会空落落的了，每天都充满了希望，像小伙子一样神清气爽，特别幸福。我知道，这全是因为有小吴在身边。”

吴姨起初很顾虑，就算女儿们表态不干涉、不介意，她也很排斥。何伯知道，她是害怕别人的眼光和指点，其实她心里还是喜欢自己的。

“小莉让我说服小吴一起见我的朋友，一起散步爬山。慢慢地，她才适应过来，但总不敢相信自己的好运气。我提出和她登记结婚，国外的儿子建议不必登记，同居便好；小莉则说随我。我觉得不能亏待人家，老年人怎么啦，也是需要尊重的，如果不登记，到时住在一起算什么呀！小吴本来就害怕别人说闲话，那我就更应该堂堂正正地和她登记结婚。知道我的想法后，儿子们也就不说什么了。登记时，小吴主动承诺我百年之后她什么财产也不要，还要写婚前协议，被我阻止了——完全没这个必要。

我看重的是真情，是她的善良宽厚。再说，这把年纪了还讲钱财，有什么意思!”

就这样，何伯和吴姨没有办婚礼，也没有请客，登记后一起参加旅行社的老年团去了内蒙古旅游。何伯和吴姨想告诉老年朋友们：夕阳无限好，黄昏也有幸福到，关键要锻炼身体、保持乐观；孤独的心只要肯打开，总能遇着另一颗心的；而天下的子女们，还请多关怀年老的父母，因为他们也需要情感的慰藉。

凡俗爱情故事九：

别以深爱之名剥夺我当母亲的权利

在离婚率不断攀升的现代社会，我暂且不想去评论这是人类文明的进步还是倒退，我只想说：就此所衍生出来的悲欢离合，是时时刻刻、真真切切地演绎着的。许秀丽，这个生活并不“秀丽”的女人一年之内遭遇离婚、丧女之痛，简直生不如死，没想到的是，一个同样离异的男人用温情拯救了她。两个急于互相取暖的受伤男女相识不到三个月便再婚了。当她发现他刻意隐瞒结扎的事实后，当她知道她因此不能再当母亲时，她该何去何从？

不堪回首，失败的初婚与丧女之痛

我的前夫是个不折不扣的赌徒。2001年我高中毕业，从湖南来到江门恩平打工。那时，恩平的电子行业正红火，我很勤奋，不到一年就被升为办公室文员。也是在那年，十九岁的我认识了外厂的采购员阿洪。他对我非常照顾，于是我们偷偷地相恋了。

因为我是外地人，我们好不容易才结了婚。可是婚后我才发现，原来阿洪好赌。他也索性不再扮演好丈夫，每个月还让我向婆家交家用。就在我想离婚时，偏偏得知自己怀孕了，阿洪也表示他一定会戒掉赌瘾。女儿的出生，并没有为这个家庭带来什么喜悦，婆家反而对我日益冷淡。我完全没想到，在改革开放最早的广东，重男轻女的封建思想竟然如此严重。在婆家人的冷言冷语中，阿洪对待我们母女一日不如一日。不知什么时候，他又赌上了。钱输光了，他便时常回来对我软硬兼施，想方设法地从我这儿弄钱。刚开始，我耳朵软，都会或多或少地给他一点儿；后来，我便坚决不给了。于是，他三天两头地在外面过夜，就算回家来，对我和女儿也没有好脸色。

女儿五岁那年，有一次婆婆丢了五十块钱，硬说是我女儿拿的。经过我不依不饶的查证，发现是大伯的儿子拿的，结果弄得全家人吵成一团。阿洪回来后知道了这件事，不但不帮我，还责怪我多管闲事。在这个家，我本来就万般委屈，积压的情绪一下子发泄出来，我说要离婚。婆婆说离就离，有大把的女人等着给她生孙子。阿洪也是一副无所谓的态度。我虽然经常忍让，但也是有自尊的。

就这样，我带着女儿离开恩平到了江门。可是，一个单身女人带着孩子，要租房子、要工作，实在举步维艰。没办法，我只好把我的处境如实地告诉父母。善良的父母没有说一句埋怨的话，主动提出把孩子送回湖南，由他们来帮我照顾。那一刻，我无地自容——这么多年来，除了开始那两年，婚后的我没有寄过一分钱回家。把女儿安顿好以后，我又回到了江门。同乡给我找的一份仓管助理工作很不错，工资比在恩平时高出一倍呢。

我几乎天天都给女儿打电话，听她说话、听她唱歌，那是我最大的欣慰。可上天连我这点幸福也要无情地夺走。离开女儿才三个月，她就在老家的池塘中溺水身亡了。我一路哭回湖南，见到的只是女儿那小小的、冰冷的身体。这种生不如死的痛楚要如何承受？我一病不起，甚至偷偷喝农药自杀，后来被抢救回来。有一天，我见到父母坐在院子里流泪，那种无声的悲恸让我震撼。我意识到自己的不孝——我也是当过母亲的人，怎么能如此折磨年迈的父母呢？女儿的意外，不全是他们的责任啊！我开始振作起来，我要让他们的晚年少点儿遗憾、多点儿宽心。于是，我再次回到了江门继续打工。因为我知道：没有钱，一切都是空谈。

厌世的心，
因闪电再婚而温暖

在江门打工的日子里，我经常在睡梦中被女儿的小手抚醒，被她的笑声叫醒，被她的哭喊吓醒……我的内心依旧厌世，我存在于这世间的，不过是一个躯壳。

对女儿的思念与愧疚让我时常精神恍惚，好几次清点货物时都出了差错。主管是个很好的大姐，知道我生活的

变故，她不但没有将我的过错上报，还经常开解我向前看。热心的主管大姐还特意叫我一起参加她的家族聚会，就在那次白水带公园郊游中，我认识了开摩托修理小店的阿利——一个同样离异的中年男人。阿利是主管大姐的远房亲戚，带着一个十三岁的女孩生活。他们父女俩的感情很好，一起放风筝，一起起炉生火，一起做游戏，亲密无间。我默默地看着这对父女，内心却在暗暗地流泪。要是我的女儿还在，那该多好啊。后来主管大姐告诉我，其实孩子的抚养权本来是阿利前妻的，可后来他将女儿的抚养权要回来了。七八年来，父女俩相依为命，他一直没再婚。主管大姐还强调说，阿利是一个好男人，很顾家，会疼人。我听出她话中的意思，却不愿意再去相信男人和婚姻。那天，阿利向我要了手机号码，还开玩笑说是女儿批准的。

此后，阿利时不时地给我发信息，有时还约我周末一起吃饭。开始，我找借口推辞，他就让他的女儿小笛给我打电话。我怎能让孩子失望呢？这孩子非常懂事，告诉我老爸为了照顾她，一直很孤单，妈妈嫌老爸没本事、修车脏，和老爸离婚了，她还直接说她喜欢我，她老爸也喜欢我，她希望我们在一起组成一个家。我说你一个小孩子懂什么？小笛问我是不是也嫌弃老爸没钱人又老？我笑了。其实，我有什么资格嫌弃别人呢？阿利是个非常实在的男人，话不多，但用实际行动表达着他想和我一起生活。主管大姐不失时机地做我的思想工作，说过去的就让它过去吧，女人要趁年轻找个好归宿。

我始终是个女人，在内心深处还是渴望有人疼的。一次我得了重感冒，这催化了我和阿利的感情。在主管大姐的张罗下，阿利带我上医院，还给我买了许多营养品。坐在他的摩托车后座，看着他那不够宽大的肩膀与腰身，我却感觉无比坚实和安全。我将头靠在上面，任眼泪不住地流。他说得对，像我们这样有过离婚经历的人，想要找到真正合适的人实在太难了。我贪恋这种久违的温情，害怕回宿舍后的孤单。我小声地主动说：我们结婚吧。他开着车高兴地大声答应着。第二天，他就迫不及待地带我到民政局去领了结婚证。这时，我们认识还不到三个月。

想要的幸福，有家有爱有孩子

和阿利结婚后，我终于享受到了一个被男人爱着的女人的幸福。原来，家庭生活可以这么美好，充满欢声笑语，就算是遇到不好的事情，也能互相打趣来取笑。我开朗的本性被这父女俩一点一点地重新挖掘出来。我带他们回湖南老家，阿利处处表现着他的孝顺与责任心。我向阿利表达我的感激，他动情地说他就是上天派来拯救我的。我发誓要好好地爱这个男人，把小笛视为己出，把家操持好。

有几个再婚的工友都羡慕我和继女的关系融洽。我和小笛之间就像姐妹。她叫我阿姨，说就算妈妈不够好，可是妈妈只能有一个。她说得对。我心想，我和阿利再生一个就是了。“让咱们的孩子来叫我妈妈。”我这样和阿利说，他听了只是笑笑，没接话。我想要自己的孩子的愿望越来越强烈，有时阿利被我问得紧了，就说我们不是已经有小笛了吗？我说你是不是怕我有了孩子就对小笛不好了？我绝对不会的，你们给了我第二次生命，这辈子我都会好好地对你们。可阿利还是不表态。我心里想，只要木已成舟就好办了。可是两年过去了，我还是没有怀孕。我们根本就没有采取任何避孕措施，这是怎么回事呢？

我偷偷地到医院去做了检查，结果显示一切正常。那是不是阿利有问题呢？我把检验单交给阿利看，还劝他也去做个检查。阿利好脾气地说他真没什么好检查的，他正常得很。这样说的次数多了，我心中觉得难过。他看出我情绪不好，想着法子哄我开心，可我最想要的不是这些。在得到爱和家之后，作为一个女人，哪个不渴望做母亲呢？我又开始想念我那死去的女儿。看着小笛，我会一遍又一遍地在心里念叨和对比。逐渐地，我开始做噩梦，总是在梦中哭醒，还经常头晕。

阿利看到我这样，终于告诉我他在小笛出生后不久就做了结扎手术。我第一次和他闹，埋怨他骗我结婚。他说我当时又没问过这个，他也根本没想起要向我交代，因为那时在他心里，觉得有女儿小笛就可以了。可是我呢？我不可以啊！我不想做一辈子的阿姨，我要当妈妈，当自己孩子的妈妈！我想，所有生养过孩子的女人或者当了父亲的男人，都能了解我的心情。阿利说就是因为他了解，才不敢告诉我真相，他害怕我失望，害怕我会离开他、怨恨他，那样的话，好不容易组成的一个家就散了，好不容易找到的幸福就没了……

听了他哽咽着说的这些话，我没了言语。虽然他以深爱之名剥夺了我做母亲的权利，可我还能指责他什么呢？这个男人是那么真心地疼我。我将心里的渴求硬生生地埋藏起来，也试着去理解他。小笛好像知道我们之间的心结，更懂事了，很喜欢黏着我。她还说，经过她的考察，我完全有资格当她的妈妈，要不改口叫我妈妈吧。我说已经叫习惯了，还是叫阿姨吧，妈妈确实只能有一个。

解开心结，珍惜相守的每一天

连我都怪自己太贪心。有我这样经历的女人，还能有今天的生活，实在是几辈子修来的福分。我不停地告诉自己要知足。可事实上，小笛的乖巧和阿利的体贴，依然不能完全填补我的心，我的心有两个角总是空的，一个角是死去的女儿，一个角是无法得到的孩子。

我当然是经常笑的，我不能让他们的努力付之东流。阿利的内心是愧疚的，他不相信我的心结已经完全打开了。有一天，他告诉我他打听过了，做过结扎的男人还可以通过手术恢复生育能力。听到这个消息，我兴奋得一夜没睡。我请假陪他去医院做检查，医生告诉我们，他的生育能力已经不能恢复了。我们又到广州某医院最权威的生殖研究室去做了全面的检查，专家说就算做了复通手术，也很难让我怀孕。

我又开始闷闷不乐，有时想控制都控制不了。父母和工友都劝我，别想这么多了，好好过日子，好好享受生活吧。再说阿利马上就四十岁了，现在才生孩子，他得多辛苦呀！养育一个孩子的成本，你算过没有？可这个世界，又有多少父母是真正算过成本才生儿育女的呢？生儿育女是人的天性，也是本能。把一个孩子抱在怀里，那就是拥有了全世界的感觉啊，这种幸福，不是其他东西可以替代的。

去年有一天，阿利又带回来一个消息，说我们还有一种方式可以拥有自己的孩子，那就是做试管婴儿。他问我想不想试一试。我听说要花那么多钱，成功率只有35%左右，连忙摇头。他说只要我开心，他什么都可以答应，哪怕倾家荡产。就是这句话，让我泪如雨下。我终于彻底清醒了——小笛马上就要读高中了，转眼就要上大学，我年迈的父母和他在老家的父母需要我们赡养，刚刚住进来的新房子要供按揭……就算现在我们俩这么努力地工作，也深感吃力。如果为了要个孩子而不顾一切，那就不是一个成熟的人的行为了。结婚四年来，阿利给了我前所未有的温暖与关爱，难道我想亲手毁掉这一切吗？

再站在阿利的角度想一想，我终于释然了。我终于放下了那打成死结的执着。再婚之前我没有深入地了解清楚对方，甚至没有做婚前检查，我自己也有责任。前些天看新闻，国外有一个家庭情况和我们差不多，他们奇迹般地拥有了第三个婚内孩子。于是，阿利还是主动去做了复通手术。但我的心态已经发生了翻天覆地的变化，我不再强求，只是暗暗地祈祷这样的奇迹有朝一日也降临在我们身上。至于会不会心想事成，那就看天意吧。我现在最大的愿望就是过好相守的每一天，好好去爱身边的每一个亲人，好好珍惜这来之不易的一切。

凡俗爱情故事十：

未婚生子，依旧套不牢“富二代”男友

当“灰姑娘”遭遇“富二代”，并不惜一切代价以求嫁进豪门，多是惨淡收场，而偏偏有那么多年轻貌美的姑娘前仆后继。几经周折，我见到了小玉本人。比起她发在QQ空间的艺术相片，她素净的脸看起来更加楚楚动人。听了她的诉说，我不禁想起一部著名的台湾电影《妈妈再爱我一次》，只希望那个无辜的孩子能够健康、快乐地成长……

曾经，
我也是一个简单而纯洁的女孩

曾经，我也是一个简单而纯洁的女孩。在许多人眼

中，漂亮的女孩大多无心向学，而我的中小学阶段一直品学兼优。如果不是高三时父亲因病离世，我一定会考上心仪的大学，命运也许会从此改变。

高中毕业后，我进入一家本地企业工作。工友与主管们都称赞我待人有礼、聪明踏实，再加上我长得好看，慢慢地，我便有了一些与企业高层接触的机会。没过多久，我便从车间转到办公室做后勤。在这个过程中，不少男同事都向我表示过好感，还有已婚的中年男人诱惑过我，而我总是说自己太小，只想好好地挣钱养家。有一次，我的领导硬是要我和几个女孩陪客人吃饭喝酒，唱歌时搂搂抱抱的，我非常反感，摔了一个杯子。领导将我拉到门外，用很难听的话训斥我，我忍不住哭了。这时，一个经理从里面出来，对领导说我还是个小女孩，别勉强我。见我哭哭啼啼的，领导叫我先回家去。就在我和“摩的”师傅讨价还价时，听到那位经理在叫我上车，他说他有事要先走，可顺便送我回宿舍。

经理——我们暂且叫他小枫吧，小枫是老板的小儿子，大约二十五岁，听说是个花花公子，不过从来不与员工有染。有钱男人在女孩眼中都是很有吸引力的，长相一般的小枫看起来依旧很精神、很有风度。在车上，他问了我大致的情况，嘱咐我千万别学坏。下车时，他给了我一张名片，叫我有事可以找他。

我根本没考虑
这是不是我的幸福

当时，我确实没有什么非分之想。至于那张名片，一回宿舍我就不知把它放哪儿去了。没想到一周后，我竟然接到小枫打来的电话。他问我工作生活得好不好，我紧张得要命。当得知打来电话的是“太子爷”，带我进来工作的肖大姐便开始对我进行洗脑，说如果我想改变自己和家人的命运，就必须不失时机地套住小枫。看出我的自卑和顾虑重重，肖大姐说她是过来人了，这世上什么真情都不如金钱重要，我的年轻漂亮就是最好的资本和通行证。听得多了，我逐渐动心了。看着母亲那总是难得一笑的倦容，看着马上就要参加高考的弟弟，我豁出去了！

是的，从一开始，我就根本没考虑这是不是我的幸福。

在肖大姐的教导下，我成功地获取了小枫的同情。之后，他的电话便多起来，经常约我一起外出吃饭游玩。我们一般不在本市区活动，要么在郊区，要么在邻市。那时，我不知道他为什么要为了一顿饭跑那么远，后来才明白，他是不希望被熟人看见。他还特地叮嘱我不要声张。

小枫经常带我到一些高档商场消费。我从来不主动要什么东西，都是他看好了就买下来送给我。大多时候，我都不肯要。这是本性，因为我并不贪婪。可越是这样，他对我就越好。他暗中将我的工作做了调整，我什么事也不用做就有工资领。他带我到夜校报名，让我继续读书。为了照顾我的自尊，他经常偷偷地往我的口袋里塞些钱。他还安慰我不要担心弟弟的学费，说将来有他呢。

表面看来，小枫追求我，“功劳”最大的似乎是肖大姐。可现在回过头来看，如果不是我心存虚荣，又怎会发生这一切?

我以为
这样就可以一辈子

在我刚满十九岁没几天，也就是和小枫正式交往两个多月后，我将自己的童贞交了出去。他显得非常兴奋，说我是他得到的唯一一个纯洁的女孩，就是因为知道我是好女孩，他才花这么多时间与我交往。

我毕竟还小，不太懂得这些，只是傻傻地问：你会对我负责吗？他笑了起来，说从来没有女人这样问过他，这是言情剧里的对白吧？见我忧伤，他握着我的手说会一辈子珍惜我。我真的以为这样就可以和一个男人一辈子了。

我从宿舍搬了出来，小枫把我安排在一个环境不错的小区里。他几乎每天晚上都在这里过夜。对于他的行踪，他的父母好像并不过问，据说只要他不搞出事来，其他全由着他。

体贴的疼爱，富足的生活，让我觉得自己是世界上最幸福的女人。母亲想见小枫，他很爽快地答应了，可坚决不去我的老家，而是把母亲请到酒店里，还给了母亲一个大红包。母亲欣慰地笑出了眼泪。当母亲提出双方家长见个面时，他却沉默了。实际上，我跟了他一年，他从来没把我正式地介绍给他的家人和朋友。有时他带我出去和他的朋友聚会，也从来不说我是谁，只叫我乖乖地待在他身边就好。

穷怕了、苦怕了的母亲，比我更加渴望改变生活与命运，这样她就可以扬眉吐气了。母亲给我的压力，转移到小枫那儿，他开始不耐烦了，警告我别再提见家长的事，应该怎么办，他自有分寸。他说他爱的是乖巧听话的我、简单纯洁的我，不是世故功利的我。这一次，我哭了。他摔门而去。后来，他说那样做是为了惩罚我，好让我知道自己的身份。这时，我才惊醒——是啊，我算什么呢！

我绝对
不能只当他的情人

为了拴住小枫，也为了将来做个合格的富人太太，我学会了时尚打扮，学会了做精致的饭菜，学会了看他爱看的足球，学会了茶艺插花。总之，我不再是那个淳朴的学生妹了，我变得越来越都市化，他的朋友见了我，都称赞我有气质、有修养。看得出，小枫是很自豪的。有特别熟的朋友打趣地叫我“枫嫂”，看我甜甜地应着，他也默认地笑笑。我要不惜一切代价，努力地向他的家门迈进——我有的是时间和耐心。

母亲五十五岁生日，小枫送了一对价值上万元的玉镯子。本来大家都很高兴的时候，偏偏母亲又提出双方家长见面商量婚期的事。在回去的路上，他黑着脸说：“你妈脑子有病啊，在外人面前提这个，让我脸往哪儿放？我要是答应了就是骗她，我要是不答应，她又不放过我，有没有想过我的感受啊？”我委屈地说：“那你又有没有想过她的感受？她年纪都那么大了，也是希望我们好嘛！”他一个急刹车，盯着我喝道：“你竟然敢顶撞我？别以为我现在宠着你，你就可以为所欲为！你最好弄清楚我是谁！”

我从没见过他那么凶的样子，吓得缩在座位上哭。他一路骂骂咧咧地说我晦气。到了小区楼下，他放我下车，然后就自己开车走了。他说让我好好反省一下，他需要女人给他快乐，而不是烦恼。

我总算是明白了。这个男人并不想和我过一辈子，他并非是一个有担当的好男人。但只要他肯娶我，给我地位和身份，什么委屈我都可以承受。

第二天他过来时，见我眼睛红红的，责备我怎么不把自己收拾好。我终于忍不住问他是不是根本没想过和我结婚。他沉默好一会儿才说他真的很爱我，可他的婚姻由不得他做主。他还说，他是有未婚妻的，因为不知道怎么告诉我才一直回避见家长的事情。这一晚，我哭到天亮。他没有走，而是默默地陪着我，他说他也不知道该怎么办。

此后的日子，便不再美满了。我毕竟是个女人，时间让我深深地爱上他、依赖他，可我绝对不能只当他的情人，也绝对不能失去他！小枫不在我身边时，我经常打电话问他在哪里、和谁在一起，我们经常因此而吵架。终于，他说我根本不适合当他的妻子。他说他来我这儿，他的未婚妻从来不过问，她很本分。他说要当一个富人家的太太，得具备太多的素质，我学的那些根本没有用。他说最大的问题是我的出身，不允许成就这样一桩婚姻。之后，他说他要和我分手，问我需要多少钱……

一个孩子
都无法套牢我的幸福

就在我不知该怎么办的时候，我检查出怀孕了。这分明是我的救命稻草啊！我兴奋地把这件事告诉小枫，他想也没想就叫我打掉，还说无论什么事也改变不了他将和别人结婚的现实。他还说，他现在连让我当他的情人也没兴趣了。

我真没想到他会这样绝情。作为补偿，他买了一套三居室带装修的房子，过到我的名下。他不再来了。我不再哀求，心中有了另一个打算，于是骗他说孩子已经打掉了，实际上我是想把孩子偷偷地生下来，到时他应该不会不认自己的孩子吧？

辛苦的十月怀胎期间，是母亲无微不至地照顾我。她总担心我自找苦吃，我天天抚摸着肚子幻想着重回小枫的身边。有好几次，小枫喝醉了，打电话对我说他想我，要见我。我骗他我在外地工作，没让他来。我想，他对我还是有感情的。而且我也知道，小枫和未婚妻一直没有正式结婚。

孩子终于出生了，是个男孩。母亲告诉他我生了他的孩子，他便赶到医院。在病房里，虽然他手足无措，可还是轻轻地抱起了孩子。那不经意间流露出的自然而笨拙的父爱，让我泪如雨下。我什么也没说，以我对他的了解，他会给我一个说法。一直以来，我的被动就是暗中的主动，我懂得应该怎样来“追”回他。

可是，我还是太天真了。或许他是真的想带我回家，可我忽略了他的背后还有强大的家庭。第二天，他的母亲和他同时出现在医院。他一直低着头不敢看我，是他的母亲先开口的。她给了我两个选择：一是我带孩子走，一分钱不给；二是孩子留下，给我二十万。她说他们是不可能接受我的，也不可能得罪那个有当官父亲的女孩。她还告诉我不能闹，因为以他们家的能力，叫一个人消失是很容易的。我抱着孩子浑身发抖。我知道他们是想要回孩子的，所以第一条路才不给我钱，可我是不会让他们如愿的。他一直没有说话，我好像一下子坚强起来——应该说是成熟起来。我平静地说我选择第一条路。他和他的母亲十分愕然，特别是他的母亲，反复强调说我一个未婚女孩带着孩子有多不好，她让我考虑清楚，还说出院后再答复也不晚。

离开的时候，他暗中握了握我的手，非常用力地握。可这有什么用？一个孩子都无法套牢我的幸福。我要报复他们。于是我带着孩子提前出院了，我要让他们永远也找不到我，我要让他们后悔一辈子。

我已懂得：幸福不是漫步云端

我在一个乡下的亲戚家坐月子，委托别人将我名下的那套三居室房子卖了。在网友的真诚帮助下，我带着孩子和母亲来到江门重新开始生活。开始，小枫四处寻找我们，我让弟弟对他说我抱着孩子跳河自杀了。有一点他倒没有食言，他一直资助弟弟上大学，直到弟弟毕业。

江门是一个包容性很强的城市，这里的人务实而善良，给了我许多温暖和帮助。我开了一家网店，脚踏实地工作，一分一分地挣着属于我自己的钱。上天待我也不薄，有一个丧偶的男人对我们很好。他是一个普通的中学老师，有一个五岁的女儿。经过浮华的重伤，这一次，相信我是遇到了真正的幸福。因为我已经懂得了：幸福不是漫步云端，而是风雨与共。

只是每当想起那些年少无知、贪慕虚荣的荒唐岁月，我依然会心痛和后悔。现在，孩子已经三岁了，活泼可爱。我永远不会告诉孩子关于他身世的真相，但我绝对会做一个称职的母亲。我要尽我所能，让他健康、快乐地成长，教他长大后做一个自食其力的有担当的男子汉！

凡俗爱情故事十一：

为爱“下嫁”，我并没有收获幸福

小曼打听到我的电话，说她的故事完全可以当我小说的素材。可我总是很忙，几次都无法如愿相约。一天晚上，小曼在电话中哭着说，她下决心离婚了，明天就回省城的娘家去。她希望在离开前能和我面对面地聊一聊，请我在倾听她的诉说的同时，也帮她梳理清楚凌乱的思绪。从电话的谈吐中，我感觉她应该是一个很有智慧的知识女性。见到她后我发现，她果然和我想象中的一样——很恬静，衣着得体，很有书卷气，一点儿也没有“80后”女性的张扬。但她脸上的倦态与忧伤却提醒着我：这是一个正经历着不幸的女子。她说——

为了爱，我甘愿“下嫁”

我不是本地人，在恩平生活两年多了，到现在也说不好恩平话。我的娘家在广州白云区，父母都是高级知识分子。也许是我成长的环境太过优越，让我即使大学毕业走向社会工作了，还是很理想化。对于感情，更是如此。

你一定奇怪，像我这种条件的女人，怎么会从省城嫁到恩平来，而且嫁的还是一个条件很一般的带个孩子的离婚男人。是的，在和他结婚前，我其实谈过两个男朋友，但总觉得他们不够稳重细心，内涵的沉淀也不够。

一次，我代表公司去参加一个电子产品的博览会，认识了我现在的老公。他高大伟岸的形象一下子就吸引了我，加上之后的交流，我觉得他虽然职位不高，可是知识面很广阔，很有内秀。就这样，年龄相差八岁的我们相恋了。那时我在广州，他在恩平，我们经常是两地跑，很折磨人，可也很甜蜜。一年后，他要我嫁给他，我答应了。身边所有的朋友都说我疯了。

我父母那边，是我拼了命地去争取过来的。为这事，我妈大病了一场，最后看在我寻死觅活要跳楼的情况下，我的父母才放下面子勉强同意了。

我的父母带着礼品，坐了三个小时的长途客车来到恩平见未来的亲家。我以为婆婆虽然没什么文化，也不怎么喜欢“新潮”的我，但起码应该会尊重我的父母。

结果惨不忍睹，我的婆婆竟然当着我父母的面，说以前的媳妇怎么怎么好，工资怎么怎么高，自己怎么怎么喜欢她，还说她儿子和前妻以前关系好得不得了，两口子感情从来没出过问题，也从来没吵过架。他妈真可笑啊，要是真这么好，还离什么婚呢？如果真这么好，怎么抛夫弃女地一个人到香港快活去了？婆婆最后还对我父母说，当初我是怎么来求她要和他儿子在一起的，进了她家的门，我就得听话。我父母当时气得不得了，我妈拉着我就哭了，劝我放弃这门婚事。

可是我执意不肯。我天真地以为，只要我们两个人相爱就够了，其他的都是可以忍耐和克服的。为了爱，我义无反顾地辞掉了收入和发展都不错的工作，嫁到恩平来了。我以为凭我的智慧完全可以处理好这一切，我的牺牲会得到婆家人的体谅从而让他们接受我、善待我。

为了家，我一忍再忍

老公和前妻有一个女儿，今年六岁了。听婆婆和老公说，当初他们离婚的时候，孩子的亲妈在协议上郑重地写下永远不负担孩子的生活费，然后带着老公给的一大笔钱去香港了。

可以说，刚刚认识老公的时候，他身无分文，为了付前妻的赡养费，他卖了原来的房子。听说，是因为前妻经常出差在外不回家，他才提出离婚的。可这样正中了前妻的下怀，不管婆婆怎么劝，人家都坚决地离了。

离婚后，老公带着孩子回他父母家住，幸好他家只有他一个儿子，家里也有房间。而当时为了尽孝心，他把每个月一千五百多元的工资卡（恩平的工资确实够低的）交给了婆婆。此后，婆婆就再没交出来。我们结婚后，我想叫他拿回来，结果他说他开不了口。可能是婆婆猜测到我的意思，就开始对我冷嘲热讽、指桑骂槐。我忍了，权当没听见。我想，我唯一的解决办法就是快点儿挣钱买房子，搬出去，这样我的婚姻才有活路。幸好，除了不敢违背他妈、不敢得罪孩子，私底下，他对我还是很体贴、很照顾的，也经常会制造一些小浪漫。为了这，我默默地承受着这一切。

凭着我的文凭和我过硬的专业知识，我在某广告公司找到了工作，收入在恩平来说，应该算是比较高的了，每个月的底薪就有三千多，还经常有提成什么的。我们一家就靠着我一个人的工资过日子，买家具、买电脑，去年还按揭买了一套房子。我父母心疼我——虽然他们不喜欢这个亲家和女婿，但我毕竟是他们的亲闺女——看到我的房子没钱装修，就给了我五万块钱让我简单地装修一下。

我以为我终于熬出头了，有了属于自己的家，以后我这个“当家的”的地位和尊严，应该是理所当然地提升了吧。可是，我又想错了。我面临的困难，除了婆婆的挑剔和为难、经济的拮据，更多的压力来自老公和前妻所生的孩子。

婆婆说不放心孩子跟着我们，要搬来和我们一起住。我心里当然不愿意，老公就说我不近情理。我说房子是我自己挣钱买的，我就是不让她来住。于是，我们有了第一次吵架，吵得很凶。搬家的时候，他说如果不让他妈住，他住新房子于心不忍。我想，看我经常受婆婆的气，你就于心可忍吗？赌气之下，我一个人住进了新房子。通过这件事，我终于清醒了些，他的本性是那么怯弱、自私，我付出了这么多，我所承受的这一切，难道他都不清楚吗？

半个月过去了，可能是看我并不向他们低头，婆婆心里怕了，怕我真的不要她儿子了，竟然跑到我的新家里，第一次对我说好话，无非是叫我主动去求他过来住。我的朋友都劝我：凭什么要你去求啊。我想了很久，为了顾全大局，也不想真的闹到离婚这一步，便回婆婆家去了，借口是看孩子。我当着大家的面叫他搬过去，说一个家不能没有男主人。婆婆向孩子使了个眼色，孩子在一旁也嚷着要去住新房子。婆婆很识相地没有掺和说她也要去。

为了继女，
我受尽委屈

因为他上班经常黑白颠倒，在新家，每天早起送孩子去幼儿园的任务几乎都是我承担，晚上放学也是我去接。

而且我还要买菜做饭，确实是很累的，可是比起在婆婆家那压抑的日子，我已经很满足了。婆婆每天都会打来不下十个电话，都是问孩子的事，而且经常是用指责或者命令的口气跟我说话。

这个孩子也许是受了婆婆的影响，对我一点儿也不亲昵，也不尊重，甚至有时会像婆婆一样呵斥我，比如“小妈，你怎么那么烦啊!”“小妈，你不给我雪糕吃，我告诉奶奶去!”“喝水喝水，我要喝水，马上!”都说孩子是天使，可这孩子却学会了撒谎，明明我做了肉菜给她吃，她却对婆婆说我不让她吃肉。有一次，我终于受不了，脱口而出:“你这么疼她，这么会带她，你来带啊!”也许婆婆就等着我说这句话了，她乘机住进了我的家，和孩子睡在一个房间。

我后悔也没有用。自始至终，我老公都没有在婆婆和孩子为难我的时候站出来帮我说句话。他的理由是：妈都那么老了，孩子又那么小。所以，受委屈的只能是我？刚开始的时候，这个理由是说服了我的，可渐渐地，我觉得这个理由是那么可笑。

我终于认识到一个黄花闺女嫁给一个离婚男人、当后妈是个噩梦了。我一直都想不明白，为什么婆婆一家就学不会感恩和体谅？婆婆想的永远是孩子，从来不会关心一下我，哪怕我病了，也不会过问一声。家里要是做了好菜、买了些好吃的，永远要留到孩子回来我们才能吃；孩子没放学回来，我们要是先吃了，就会受到一顿数落。孩子闹情绪了、不高兴了，不管我们在忙什么，也要叫我们过来哄她开心。由于是刚刚交付的新房子，家具买的也不全，三个房间里只有主卧室有空调，天气热起来的时候，婆婆又看不过眼了，说孩子正是长身体的时候，晚上要是睡不好觉可不行，要求跟我们换房间，不然就再装一台空调。我控制着自己的情绪，尽量平静地说：不换，我们睡不好怎么上班挣钱，咱们每个月要交按揭，家里的开销也全是我一个人负担，你以为我是印钞机啊，要买你自己买去，你儿子的工资不全在你那儿吗？婆婆马上变脸，说着说着就哭闹起来，当着孩子的面说我嫁到她家只顾着自己享福，是个坏后娘。孩子听了婆婆的哭诉，竟然将她碗里的饭扔向我。老公只是坐在那儿，嘴里说着“好啦好啦，你们不要争了”。婆婆让他评理，孩子又在那儿哭，他只顾着去哄孩子。我忍着眼泪，抹掉脸上的饭粒，跑出了家门。在街上逛到了大半夜，他的电话才打来。刚刚开口说话，我的眼泪唰地流了下来，蹲在街上大声地哭起来。

由于我的心里有了疙瘩，即便和老公和好后，我也觉得这生活的奔头不大了。我开始质疑自己当初的选择——也许，我是真的错了。

为了尊严，我决定放弃

这个孩子由于一直以来被婆婆宠坏了，有许多不好的小毛病，性格也很不健全。有一次，孩子刚刚洗完头发，我还没来得及帮她擦干头发，她就往我们的床上滚，把床铺全弄湿了，我嗔怪了几句，说她这行为是不好的。孩子立马就哭了，还大喊大叫的。婆婆从阳台跑进来，就说“不是你的亲娃你不疼”什么的。说得好像我是一个虐待小孩的坏女人似的。还有一次，幼儿园老师说孩子没礼貌，有时还会偷小朋友的东西。晚上，我和孩子聊天，想慢慢地引导她，婆婆却在一旁说她的孙女绝对不会这样的，老师肯定是冤枉孩子了，要不就是我造谣，贬低孩子，好找机会将孩子扫地出门。我彻底绝望了，发誓以后再也不管孩子的事了。可要是真不管，我还是一样有错啊！

说实话，起初我是真心要对这个孩子好的，像我自己说的，就算我带个猫猫狗狗，日子久了也是有感情的，何况是个有血有肉的孩子。但是现在我累了，我没有勇气也没有心思去打骂孩子，更不会去虐待她。孩子给我造成了相当大的困扰，面对她，我不知应该怎么做——无论我做什么，都是错的。

实际上，他的亲戚朋友一直都在怀疑我对老公和孩子的真心。他们一直站在边上看我们的笑话。婆婆甚至要求我们以后不要我们自己的孩子。老公竟然也说不要就不要吧，反正已经有一个了。我真是觉得受够了。我现在唯一能想到的就是离婚。在这样的环境里面，爱情不能解决所有的问题，何况我现在觉得这个男人不值得我这样爱他。一生一世太长了。当一个男人在你身边却不能保护你的时候，当你毫无保留地付出一切却仍然被践踏的时候，为什么还不放弃呢？当初我走错了路，现在我要重新选择自己的人生方向。

我也想劝所有正在或者正准备当后妈的朋友们，特别是像我一样从来没结过婚的朋友——放弃吧，这条路不适合我们。曾经也有很多人这样劝过我，但那时的我被爱情冲昏了头脑，根本看不清楚现实。追求幸福和保护尊严同样重要。这两年的日子，现在想想，真不是女人应该过的，而我一个在娘家从来没受过委屈的独生女，竟然熬了这么久。我想，以后对于生活，我会更加理智和清醒了。也许，这也是好事吧。

我明天就准备回广州了。一直以来，因为倔强，我不敢对父母说出我婚姻里的种种真相，前些天在电话里，听着我的哭诉，他们的心都碎了。他们给我联系了心理医生，希望能帮我迅速地走出这两难的困境。只是我不明白——到现在我都不明白，向来自诩聪明的我为什么会输得这样惨?

第3篇

爱的警醒

导言

生命有其不可承受之轻，也有其不可承受之重，当命运之轮开始转动的时候，除了毁灭别无他法。那些追求所谓爱情和幸福的人们啊，都像拉磨的驴子，只为了得到挂在眼前的玉米而不停地奔跑。其实，咫尺之间的距离，往往不可企及，因为阳光之外的爱情和幸福就像肥皂泡泡——拿在手里，就碎了。而且，连本来握在手里的一切，也都会跟着一起碎了。

爱的警醒故事一：

爱情的蛊毒

周舟疯了，终于疯了。

花疯了，终于也疯了。

几乎在同一时间，建新县城里，疯掉了两个都还算美丽的女人。

（一）

周舟被送到精神病院去了。娇小玲珑的她披散着头发，脸上涂满了五颜六色的胭脂，一见到人，就抓住人家，用莎士比亚戏剧式的腔调呼喊着：“啊，爱啊，我今生宿命的悲哀！”她美丽的大眼睛里噙着泪水，可是已经没有灵动的内容了，只有一片呆滞的歇斯底里。

花则是被关在家里。她成天拿着那把假菜刀——真的刀已经被家里人全部收起来了。由于花只有在拿着菜刀时，神智才算是清醒的，她年迈的父亲就给她弄来了一把塑料的假菜刀，让花天天握着。花握着菜刀，像是有了复仇的工具和力量。假菜刀在空中飞舞，花狠狠地嚷着："剁死你，我剁死你，狐狸精，贱女人！剁死你，剁死你……"直到花剁累了，才爬到床上，抱起那个大布娃娃，无限温柔地哄着："宝宝哇，乖乖哇，觉觉哇。"

屋外的老人听着屋内女儿变了调的声音，便瘫坐在厅堂中，抚摸着小孙女不久前在花丛中欢笑的照片，浊泪纵横。

（二）

周舟是那种表面看起来柔柔弱弱的女人，留着一头时尚的短发，身材娇小玲珑，有一点使她与一般女人区别开来的气质，时不时还会做出一些琼瑶小说中女主角一样的表情和事情。这使得她的身边聚集着不计其数的想当护花使者的男人。终于，一个年轻有为的小学校长力克众情敌，成了周舟的合法丈夫。周舟在人前善于把自己塑造得与世无争、纤尘不染，可是在工作上，她却是下足了功夫，要与她锁定的对手一决高下。在建新县城教育界，没有谁不知道周舟老师的大名。

周舟总有一些别人看不出的小聪明，使她好像是在不经意间就成了别人关注的焦点。这是一种与生俱来的本领。其实连她自己也弄不明白这是为什么。

周舟的丈夫叫宏，长得一表人才，刚三十出头就已经成为一所实验小学的校长了。宏对周舟，那是爱得恨不得将她镶进自己的骨头里面去。这个简单、上进的男人，娶了周舟这样一个复杂、美丽的女人，注定是要吃尽苦头的。尽管如此，许多人还是十分羡慕这对郎才女貌的夫妻。宏竟然还为自己的老婆能够得到男人们欣赏的目光而自豪；而周舟，也在这些目光中暗自得意。

（三）

花比周舟大五岁。工作和家务的磨砺，使花的脸上已经开始出现三十多岁女人不应该有的风霜了。

花是那种大家都见惯了的典型的传统女老师形象：端庄，朴实，勤劳，敬业，善良。事业是她的地，丈夫是她的天，女儿是她的心肝。

花最大的心愿就是好好地过日子。关爱学生、孝敬老人、侍候丈夫、照顾女儿，是花生活中所有的内容。对于这样的生活，花是知足的。她感到了生活的完满和幸福。八岁的女儿蓉蓉聪明伶俐，人见人爱。年近四十的丈夫禄，是市重点中学的教导主任，工作能力享誉建新县教育界。

禄并非像他的名字这样俗气。虽说其貌不扬，可是沉默寡言的他在那满腹经纶的衬托下，显得儒雅而深沉。他的深沉和花的简单，并无冲突，他们相敬如宾地走过了十个年头。

如果没有遇到那个女人，禄和花一定会像最传统的中国式夫妻那样平静、和谐地走完一生，就像《最浪漫的事》那首歌唱的那样。

可是，禄遇到了周舟。

一个深沉的中年男人不幸地遇到了一个复杂的年轻女

人，这就是这场悲剧的开端。生活中，常常有人埋怨命运的错乱安排，而命运的大手就是这样蛮不讲理。一次小小的偶遇，就可以改写人的一生。

（四）

周舟确实是个很会生活的女人。

在讲台上，她神圣崇高；可是一走出校门，她就可以变成各种不同的样子。周舟虽然已经结婚三年，可她还是保持着单身时的一些生活习惯。她喜欢一切新潮的、可以调节生活情趣的东西，比如化妆品、时装、酒吧。周舟喜欢去那些安静的小酒吧。在幽暗的光线里，要上一杯浅酒，就着轻柔的音乐，一个人慢慢地品，使她的小资情调发挥得淋漓尽致。

那一天，禄约了一个报社的编辑，在小酒吧交他的小说稿子。他看到了坐在角落里独酌的戴着蓝色假短发的周舟。他隐约地记起这张脸在不久前的一个教学大赛上出现过。禄看着周舟前卫的装束、冷艳的表情，心中升起的那份惊讶无以言表。想不到周舟也在看他，还向他举起了杯子示意问好。禄尴尬地点头笑了笑。

当那个编辑离开后，禄也正要离开，想不到周舟轻轻地叫住了他：“禄主任，你好。”看见周舟脸上露出了作为一个老师不应该有的那种狐媚劲儿，禄非常不习惯，突然愣在那儿。周舟浅笑着说：“不必惊讶，禄主任，我是周舟。下班了，我喜欢做另外的自己。这没有什么不妥呀！”

禄看着眼前的这个女人，作为男人的好奇心一下子升腾起来。他在想，这个教育界知名的女老师到底是个怎样的女人呢？周舟示意他坐，禄就顺水推舟地坐到了周舟的对面。

二人的第一次谈话可谓尽兴，连他们自己都想象不到可以这样尽兴。他们从古希腊的神话聊到日本的川端康成，从德国的哲学聊到中国的现代诗歌。当第十瓶酒空了的时候，他们都有了醉意。他们感受到了思想的畅快与释放，感受到了心的悸动和迷离。

（五）

从那以后，周舟说，禄本身就是一部书。

从那以后，禄说，周舟本身就是一首诗。

从那以后，他们慢慢地走在了一起。

电话，QQ，见面，他们着了魔似的聊着。禄在周舟面前，一点儿也不木讷少言，反而妙语连珠。周舟在禄面前，一点儿也不假装安静乖巧。她用柔弱眼泪、娇憨野性、诗情画意，把禄弄得眼花缭乱。

禄在心底惊叹：周舟简直是他生命中的奇迹！一对已婚男女如老房子着火般剧烈地燃烧了。他们做尽了孤男寡女在一起时所能做的一切事情。乐此不疲，不顾后果。

中国的先人们留传下来的成语、俗语、谚语，都是智慧的结晶，都是经过时间无数次检验的精华，比如“世上没有不透风的墙”“上得山多终遇虎”“若要人不知，除非己莫为”。正是因为这样，禄和周舟的暧昧关系还是被舌头长、眼睛亮的人们看出端倪来了。而且，中国人对于这一类传闻最热衷，传得也最快。只是当局者迷，禄和周舟是什么也听不见的。他们只听见了亚当和夏娃快乐的声音。

风言风语终于传到了花和宏的耳朵。这两个善良的人儿都不愿意相信这些流言，他们还深情款款地对自己的伴侣说："我相信你。"而禄和周舟，内心汹涌澎湃的激情已经淹没了他们一闪而过的愧疚。他们深深地中了情花的毒。

（六）

终于有一天，花无意间发现了禄和周舟之间火辣肉麻的情书。花相信了人们的流言并非是空穴来风。可是她太传统了，也太爱这个家了。花没有闹，只问了一句："你们是真的吗？"禄说："是的。"之后，禄向花提出离婚。花呆了，忘记了哭泣和质问。

晚上，禄被周舟一个情意绵绵的电话叫出去幽会了。花想不通：我到底做错了什么？花喝下了大量的农药。当老丈人从医院打来电话时，禄刚刚从周舟的身上爬下来。

周舟看着禄手忙脚乱赶回去的样子，想到正在医院里躺着的女人，她的心里有了一点儿愧疚——只是一点儿。周舟打心底里看不起花这种愚蠢无能的行为。有时，她真想走去告诉花，让她把禄让给她，因为他们是真心相爱的。周舟不知道，她看不起的，应该是她自己。

宏也知道了。周舟用她与生俱来的天赋，扮起了我见犹怜的弱者。她对丈夫忏悔，她找朋友诉说，好让别人都不忍心去责怪她。当周舟的一篇写她与禄的小说发表后，宏看到“我的身上还保留着另一个男人的液体”时，终于忍不住了。他第一次像猛兽一样强奸了自己的妻子。周舟哭泣着安抚宏说，如果你不想离婚，就到外面去找别的女人吧，我不怪你。宏听了，心里一阵刺痛。可他太爱周舟了。他痛苦，却不愿意失去周舟。他默默地用这懦弱的包容，忍受着周舟的不忠。宏想不明白，为什么明明是周舟犯了错，她却还在如杜鹃啼血般地写着那些忧伤的文章，好像错的不是她，而是他。宏不知道自己作为一个男人，还可以忍让多久。

抢救了一个晚上，花终于醒来了。她见到禄的第一句话，就是：“你们这对狗男女……”虚弱的她没等说完就嘤嘤地哭起来。他们可爱的女儿蓉蓉正充满敌意地瞪着禄。禄这才发觉，不知道从什么时候起，他已经失去了女儿对自己的尊敬和崇拜了。女儿仇恨的目光像一把刀子，刺进了禄的心。禄不禁惭愧地低下了头。

那一夜，禄想了许多。他想到了和花的相识、相爱、相处，想到了花的善良、勤劳，想到了花一切的好，想到了这个家曾经的美满、和谐。是他，亲手打碎了这一切。这个男人第一次泪流满脸。

禄跪在老丈人和花的面前，保证说不再和周舟来往了，保证不提离婚了。禄的眼泪让花相信了他，也原谅了他。禄当时确实是想好好地珍惜这个家的。

（七）

也许是上级部门听到了一些传言，禄的职务从教导主任降为教研员。花去求情，学校说要维护学校的神圣形象，观察一下禄再说。

禄消沉了，成天关在房间不理人，动不动就发脾气。

周舟还是不断地向禄的邮箱发信件，那文艺式的倾诉确实是具有很强的杀伤力的。禄消沉的心在周舟的柔情呼唤下，再一次控制不住，他又开始给周舟打电话、发信息，然后见面，然后疯狂苟且。禄悲哀地感觉到了，周舟这个女人是他今生注定要染上的病毒。禄时刻都想和周舟在一起，永远在一起。中年男人的天真，有时比年轻人还要不可救药。

周舟的同事开始在背后嘲笑她，有的甚至偷偷地叫她“破鞋”。而周舟还是一脸无辜地在工作上狠狠冲刺，用成绩来证明自己是个好老师。有一次，同事们在办公室讨论婚外情，提到作为老师还是要洁身自爱一点好。周舟听了，觉得分外刺耳。她失去理智地把一叠作业本一扔，大声嚷道：“老师怎么啦？老师不是人？老师不可以冲破桎梏追求真爱？”

同事们立刻噤若寒蝉。后来，一个上了年纪的女同事缓缓地说：“老师当然是人，但是这个‘人’的意思你应该认真地弄懂它——如果离了婚，随便怎么搞，那是自由；如果拖着个婚姻说什么真正的爱情，这是乱搞男女关系。”周舟的脸色苍白，浑身颤抖——但是她不能哭，哭了就是承认自己的不堪了。

周舟还是天真地认为同事们只是捕风捉影——她和禄每次都那么谨慎，有谁会知道呢？她觉得只要禄和她在一起，她才不在乎大家说什么。

（八）

禄是离不了婚的。周舟深知这一点。为情所累，她愿意。做禄的地下情人，她也愿意。她把自己塑造成一个痴情雅致的女子在网络游荡，引来同情者无数。周舟像一个手法娴熟的导演，和禄上演着一场又一场分分合合的戏码。他们柔肠寸断地拥抱着说：分手吧，不联系了，如果我再找你、再打电话给你，你就狠心地按掉它。可是过不了几天，他们的欲望就更加强烈。这使得他们的再次相会分外热烈，如胶似漆。

花不可抑制地憔悴了。她对于丈夫的变心和家庭的溃散无能为力。她不知道自己做错了什么，也不知道自己怎样做才是对的。这个善良软弱的女人活在痛苦的深渊中，没有人怜惜。

宏还试图用宽容和爱心来唤醒痴迷的周舟。只是，周舟和禄这一对中了情毒的婚外情人，已经回不了头了。回不了头，又没有勇气斩钉截铁地离婚，他们沉溺在自认为的真情中不理世事。可是他们忘记了，在这种境况下，无论是怎样的真情，都是要遭受指责和唾骂的。

在大人们的感情纠缠不清的时候，他们都忽略了一个孩子，那就是蓉蓉。蓉蓉在这两年中，一下子变得孤僻敏感了。她的周记里时不时流露出来的对世界的厌倦和仇恨，让老师非常不安。可是花和禄的心太累了，对老师给蓉蓉的评语视而不见。周舟则是根本就忘记了禄有一个漂亮可爱的女儿。

（九）

在周舟和禄来往两周年的那天中午，蓉蓉去少年宫学钢琴回来，对花说："妈妈，我刚才看见爸爸和那个女人进花旗酒店了。"正在做饭的花全身颤抖。她打电话告诉了宏。宏沉默了许久，终于，他用和他的年纪不相符的苍老的声音对花说："我们还是亲自去看看吧。"宏和花一样，都想一切有个结局，然后一了百了——他们已经被自己的配偶折磨得快不成人样了。

宏和花一起到了花旗酒店。他们一路无言。能说什么呢？他们内心的那种恐惧、那种斗争、那种痛苦，是笔墨形容不出来的。早熟的蓉蓉像个小大人一样镇定，这个刚满十岁的孩子竟然反过来安慰花说："妈妈，你不要怕，要勇敢，一会儿，我帮你杀了那个不要脸的女人。"花惊呆了，女儿的身心什么时候变得这样病态了？而一心想要捉奸的她顾不得往深处想。

在酒店服务台，宏用小计谋问到了禄的房间。在房间门前，花握着蓉蓉的手不住地发抖。宏呼了一口气，按响了门铃，说是送免费红酒的服务生。只围着一条浴巾的禄来开门了，宏看也没看他，径自走了进去，然后是花和蓉蓉。禄在门口呆若木鸡。宏和花看到了一个噩梦，一个无数次猜想过的情景如此真实而残酷地出现在眼前。周舟赤裸地平躺在床上，也许是太累了，她竟然睡着了。胸前两朵怒放的蓓蕾还泛着红晕。宏瞪着血红的眼睛，掩住了脸，舌头不断地蠕动着，却发不出一点儿声音来。

花捂着嘴巴，“啊”地叫出声来：“蓉蓉不要看，蓉蓉不要看！”突然，蓉蓉冲了上去，迅速地从书包里掏出一把锋利的水果刀。她年幼的小脸扭曲着，她流着泪尖叫：“我要杀死你，我要杀死你，坏女人，贱女人！”

就在蓉蓉的刀子马上要刺下去的时候，周舟醒来了。她惊叫一声，条件反射地用腿踢倒了冲上来的蓉蓉。宏反应过来，想抢下蓉蓉手中的刀子。可是蓉蓉的小手却和刀子连在一起了似的，掰也掰不开。蓉蓉哭着，叫着。

花惊呆了，她的眼睛一直不敢相信似的瞪着赤裸的周舟。周舟看到这个房间的凌乱，也忘记了自己身上根本没有衣服，跪在床上不知所措，瞪着她那招牌式的无辜的大眼睛。

禄也跑过来，尝试着安抚神志不清的蓉蓉，想抢下蓉蓉手中的刀子。他抢不下来，气急了，甩手给了蓉蓉一个耳光。这是他第一次打蓉蓉——为了另一个女人，而且是当着那个女人的面。花扑过去，狠狠地撕扯着禄。禄不躲闪，身上的浴巾脱落在地，露出他健美却丑陋的身躯。花看着赤裸的周舟，又看看赤裸的禄，向洗手间狂奔而去，不住地呕吐。

周舟求救似的看着宏，他以为宏还会永远地站在她一边。可是宏从进来的那一刹那，就根本没有看她的眼睛。宏怕只要看一眼，就会忍不住想杀了这个曾经心爱的女人。周舟爬起来，跌跌撞撞地走到地上，捡起地上的衣服，胡乱地穿上。

也许是声嘶力竭了，蓉蓉停止了哭叫，她松开了手，刀子从她的小手里滑出来。她的小手已经流血了。禄马上抢步过来，捡起刀子放好，对蓉蓉说："宝宝，你流血了，爸爸这就去给你拿药好不好？"

蓉蓉抬起头，指着禄悲愤地叫着："你走开，你走开，你滚到那女人那儿去，我不要你当我爸爸，我不要！"禄的全身都僵硬了。蓉蓉咬牙切齿，在大口大口地喘气。宏哄着她说："乖，不要激动，蓉蓉听话啊，叔叔给你倒开水去。喝了水就会好受一点。"

（十）

宏去倒开水。禄穿上衣服准备去拿药。周舟坐在角落里不敢走，也不敢说话。花在洗手间狂吐。

…………

一声紧促的开窗的声音响起后，一声绝望的童稚的哭喊响起来：“妈妈，我爱你，妈妈再见！爸爸，我恨你，我恨死你——”然后，一个小小的身影就飘了出去，粉红色的裙子在窗台上一闪而过。宏和禄惊呼着冲过去，可是，他们的手只拉到虚空……

（十一）

禄被革职。周舟被开除。宏远走他乡。

周舟疯了，终于疯了。

花疯了，终于也疯了。

几乎在同一时间，建新县城里，疯掉了两个都还算得上美丽的女人。

建新县的人们把这个故事足足传说了半年。茶余饭后，周舟成了建新县荡妇形象的代名词，花成了妇联和善良的人们关爱唏嘘的弱者。

花成天拿着那把假菜刀，成天抱着那个布娃娃，发泄着她仅存的本能的感觉——仇恨和母爱。

周舟成天打扮得花枝招展，在精神病院里游荡，捉到人就哭诉：“啊，我那宿命的爱情啊，爱啊，我宿命的悲哀!”

“周舟是这个精神病院中最感性、最诗人化的患者。”后来，她的主治医师对来采访的记者这样说。

爱的警醒故事二：

爱不堪承受之重

她说，这样的感情太沉重了，我已经负荷不起了。因为，我们都是有太多过去和伤痕的人。我和你本来都不是小气狭隘的人，可是我终于相信，在爱的世界里，没有伟人——至少我做不到心无芥蒂。

（一）

他终于离婚了，在筋疲力尽之后。

她也终于离婚了，在不想再背叛、再说谎之后。

他和她终于可以穿过一切咒骂与指责、道德与束缚、煎熬与恐惧，光明正大地在一起了。他们不再害怕阳光，他们不用再躲藏以偷得片刻的温存。

他和她，是如此相爱，不耻地相爱。

整整三年了。

这让他和她差点儿精神分裂的三年，这让他和她深刻地感觉到原来对方就是自己丢掉的那块肋骨的三年，这让他和她不断地与良知、伦理、家庭、爱人周旋斗争的三年，是如此的漫长。

只有这份迟来的、不应该来的畸爱没有变，所有和这有关的人都变老了。

到了最后，不知道是谁赢了、谁输了。重要的是，他们为了心中强烈的愿望，都各自离婚了。他放弃了贤惠温柔的妻、聪明漂亮的儿子、宽敞明亮的家、蒸蒸日上的工厂，只身一人出来了——没有胜利的喜悦，没有预期的轻松。她舍弃了爱她宠她的丈夫、舒适优裕的生活、灵秀淑德的名声，只带着她的CD、书籍和裙子，在丈夫复杂痛苦的目光注视下，只身出来了——没有想象中的解脱，也没有预期中的轻松。

（二）

这个深秋的夜晚，寒露凝霜。在奔向彼此的路上，她和他步履沉重。黑暗中，他们都流泪了。泪水洒过的身后的这一段路，不堪回首。在那一段历史里，他和她都是有罪的。他们在一个阳光灿烂的日子相遇，在几次目光相接之后动心，在无数个挣扎无用的回合后相爱。他们两个人相爱，却伤害、摧毁了他们相爱之外的一切。没有所谓的第四种感情，他们没有那样时髦的高尚，他们如一切相爱着的自私、盲目的男女一样，想要占有对方。

两个表面上看起来美满幸福的家庭摇摇欲坠，看不见的腥风血雨在暗暗地飘洒。

他不再是个好男人了，她也不再是个好女人了。但是，他们把自己变坏，只是为了想和对方在一起，永远在一起。

妻子问他，当初你不也是排除万难，为的就是要和我在一起、永远在一起吗？

他说，原谅我。

丈夫问她，当初你不是说愿意和我在一起，永远在一起吗？

她说，不要原谅我。

妻子问他，难道你确定你们的爱情就永远不会变？

他无言了。

丈夫问她，难道你确信你真的愿意永远和他在一起？你们所谓的爱能维持多久？

她无语了。

永远到底有多远，谁也不知道，谁也不能保证什么东西不会改变。但是，他和她都清晰地知道：这一次不一样，真的不一样。他们知道自己并非是贪恋新鲜和激情，他们知道自己并非是轻浮随便的人——只是，心的吸引和爱的强烈在他们的掌握之外。没有谁要求谁离婚，而他们都不约而同地和还爱着自己的另一半打起了艰难的离婚之战。

（三）

昏黄的路灯下，她看见了他，他也看见了她。她看到了他满脸的惆怅、满眼的血丝。他看到了她凌乱的发丝、一脸的泪痕。就这样沉默着、对望着，行李扔在脚下，沾满汽车驶过扬起的灰尘。

为什么得到自由的时候，他们都老了这么多?

她咬着嘴唇，缓缓地走过去，靠在他的身上，流泪。然后她在他耳边虚弱地说："对不起，我只是，我只是想和你在一起，我不是有心要毁掉它们。"他默默地圈住她，男人的泪水无声地滑落在她的发丝上。他轻轻地说："嗯，我知道。我也只是想和你在一起，我也不是有意的。"

"从今往后，我们要在一起。"一句承诺，一句交代，要付出这样沉重的代价，他们都放声地哭了出来。行人来来往往的路上，侧目而视的人们一脸漠然，谁又会真正地关注事不关己的悲欢离合呢?

这一夜，他们无处可去，也不想有处可去。他们需要平静地面对一下自己和彼此。他们在路边小公园的石凳上默默地依偎着，看着天上点点的繁星，什么也没有再说，直到天明。

看着天边越来越亮的深秋的太阳，他推了推怀里的她，理了理她被露水打湿的头发说，我们走吧。她恢复了往日的温柔，报以一笑：嗯，我们去哪儿？他说：去找一个房子，做我们的家。她的泪立刻又漫上来。她点点头，再次投进他的怀里。她想，从今以后，她有权利好好地去爱他、让他幸福了。而他，会给她一个她想要的简单、温暖的家——不需要多大，但必须是他们共同的空间。

他和她一手拉着各自的行李箱，一手互相握着，慢慢地向前走。深秋的朝霞火红火红的光映照着两张疲惫却闪着希望的脸。她有点儿不习惯和他如此亲密地在阳光下牵手，低着头。他用力地捏捏她的手说：别担心，一切都会好起来的。她抬头望了他一下，点头。她相信他，一直以来都是如此没有理由地相信他。

有两个熟人过来打招呼，诧异地看着他和她。他把手伸进口袋，摸出一个小本子说：别这样看我们，我有离婚证。熟人尴尬地走了，她却忍不住笑了起来，他想一想，也笑了。

（四）

他们在郊区一个安静的小区租了个四十多平方米的房子，住了下来。她还是像过去一样，能用最少的钱布置出最好的效果来。他总是很欣赏她与生俱来的一些小情调。不管她工作多忙、物质多匮乏，她都有让生活活色生香的本事。在他无所事事地在家为工作伤脑筋的时候，他也会感觉到无比快乐。他从来不知道以写字为生的她，竟然可以只用十块钱就变出三菜一汤的晚餐来。他终于明白，为什么她能让他甘愿一无所有了。

他以前的助手给他送来了他用过的手提电脑，并对他说："郝哥，你是个真正的男人，别人不理解你，可是我理解。这是你以前给我的所有提成，一共十五万，我一直都放着没用。还有，你的股票你让我卖的时候，我只卖了一部分，还有三分之一的股票在我手上。郝哥，你不要怪我。我尊敬嫂子，也不想欺骗嫂子，她是个很好的女人。但是当初我看你那样决定，不敢劝你，可我也不希望你这么多年的奋斗和辛苦付诸东流。所以，我就瞒着你这样做了，你不要怪我，郝哥。你不应该去打那才一千几百的工，你是浪里搏击的水手啊！”

他听着眼前这个平时沉默寡言的小伙子的话，什么也没说，压制着内心的激动，狠狠地给了他一拳，然后俩人会心地笑了。

她从房间里出来，手里拿着一个存折。她把存折递给他。他瞪大了眼睛问，你哪儿来的这么多钱？她调皮地说，我写稿子挣的——我要入股。

（五）

他的事业重新开始了，他忙得焦头烂额。他和助手有个不成文的约定：绝对不去抢以前的老客户，不去打搅前妻的业务。有时，他甚至还因为在暗地里帮助前妻而失去机会，但是他不介意。深夜回到家，远远地看着家里亮着的灯光，想着她边在电脑前敲字边等着他回来，心里就热乎乎的。他发誓要让这个女人过得比任何时候都要幸福。

前妻生日到了，他送去一束黄玫瑰，并和孩子一起吃了晚饭。她事先就知道他们一家三口要共同进餐，她还鼓励他要宽待前妻和孩子。可是，当她看到他哼着歌儿回来时，心里却隐隐地痛。但她还是安慰自己、说服自己，和颜悦色地给他脱去外套。

她写了一篇与前夫有关的文章，他总是她的第一个读者。他看了，心里隐隐地难受，可还是赞扬她写得好。她的文笔确实很好，只是她字里行间流露出的对前夫的欣赏让他难过。他立保证似的说，我会做得比他好一千倍、一万倍。

孩子病了，前妻在午夜两点把电话打到他们的甜梦中。他在迷糊中一跃而起，不及对她细说，便衣衫不整地冲出去，留下她在黑暗中感觉自己的多余。她想理解他和他的前妻，她明白一个女人带着孩子不容易，她知道他不能不爱他的孩子，可是，酸酸的、涩涩的感觉又是那么真实。一连六天，他都在医院和前妻一起照顾孩子。她信守当初自己对自己内心许下的他并不知道的诺言：尽量像爱他那样去爱他所爱的一切。

她给他的孩子熬汤，让他来医院门口拿上去给孩子喝。前妻第一次通过电话对她说了“谢谢”。她听了这两个字，一个人站在医院门口，泪水就流了出来。其实她想到病房里去，和他一起看看他的孩子，可是，那个空间里没有她的位置。前妻没有把她的汤泼掉，她就应该感激不尽了吧。孩子病好后，常常就嚷着要爸爸，要和爸爸睡。他问她，孩子不肯过来，我能回去陪陪他吗？她抚着他疲惫的脸，点点头。他拥紧了她。晚上，他回前妻的家去了。她在宽大的双人床上，怎么也睡不着了。是不是她永远都只是这当中的第三者？她开始怀疑这是不是他前妻使的招儿，她甚至怀疑他开始留恋他过去的一切。恐惧不可避免地向她袭来。

（六）

她开始歇斯底里地写一些莫名其妙的文字，言辞激烈到没有一家杂志敢用她的稿子。她变得烦躁不已，在一天当中不停地给他打电话。他觉察到她的异常，抱她在怀里，说一些甜言蜜语安慰她，问她怎么了。可是她不敢说她的猜疑、她的妒忌。这样他会怎么看她呢？在他眼里，她是如此超脱的一个女子啊！她就蜷缩在他的怀里，央求似的说，不要离开我。他感觉到怀中的她像一片没有重量的叶子，在克制地发抖。他心疼，却找不到原因，只是隐约知道，她爱他爱得时刻在害怕失去他。

她开始挑剔。他做许多事想让她开心、放心，但是她常常说前夫以前是怎样怎样做的，故意刺激他。他受伤了，但还是一如既往地爱她，想尽办法逗她笑。

一天，他出差买回来一箱子漂亮的裙子。

他一进门就兴致勃勃地说：亲爱的，我回来了，快来看看我给你买了什么？她打开一看，高兴得抱住他不停地吻。他们一起把裙子挂到衣柜里去。

他随口说：亲爱的，把以前的衣服都扔了吧，我给你全部换新的，好不好？

她听了，身子一下子僵硬了，冷冷地问：为什么？

他又随口说：都旧了啊，我不要你穿那些你从那边带过来的衣服，我想你穿这些我给你买的、第一个穿给我看的漂亮衣服啊。

她说：你是说嫌弃我的衣服脏吗？你是说我的衣服有另一个男人的气息吗？那你把你的手拿开，别弄脏了你高贵的手，因为我的身体也是被另一个男人用过的。你出去！

她用力地推着一脸无辜的他往外走。当他明白过来后，任凭他怎么敲门、怎么解释，她都不理他。他听着她在里面收拾东西时嘤嘤的哭泣声，心都碎了。

她拖着箱子开门往外走，他死死地扯住她说：我不让你走，我不让你走，不让！她和他厮打着，第一次吵架了，将彼此心里一直压抑着的苦水都吐出来了。然后，他们累了，静止了。她无助地坐在冰凉的地板上，像快要凋零的百合花。他自责，他心疼。他想，如果他刚才能忍让一下就好了，他奇怪他的理智哪儿去了？他蹲下去，尝试拨弄她凌乱的长发。他的手刚碰到她，她就“哇”地哭了起来。他拥着发抖的她，轻声地哄着，真诚地道歉。她也说：是我不好，是我不够好，但我是真的爱你，真的害怕失去你啊。

（七）

此后的日子，他和她都刻意地多体谅、多关注对方。日子过得小心翼翼起来。他们还是常常在她布置的小情调中亲热。可是她会走神了，他也这样和前妻做吗？他也会想，她也会在她前夫的身体下面这样呻吟吗？他们都不知道生活这是怎么了，也不知道自己这是怎么了。历尽艰辛走到一起，竟然会有这么多意想不到的心结打不开了。

她渐渐地憔悴，沉迷于网络。

他渐渐地将精力转移到事业上。他想，等钱挣得差不多了，就和她到内蒙古去结婚，然后就不再回来，在那儿过他们神仙眷侣般的生活。她说过，她向往那蓝蓝的天空下一望无际的碧绿。

可是她不知道他的想法。她以为他厌倦她了，她以为自己的一切“以为”都成事实了。

（八）

终于有一天，她留下一封信，说：我走了。趁你对我还有爱的时候，趁我还是一如既往地爱你的时候，我走了。亲爱的，我从来没有怀疑过你对我的爱，我也从来没有像爱你一样地爱过其他男人。你是我一生中留给我最多悸动、最多美好的男人，同时也是留给我最多屈辱的男人。我是多么想成为你正式的妻子呵，可是不算见不得光的那三年，只看我们都放弃一切在一起的这一年多，你从来没有对我说过“嫁给我吧，做我的妻子”。你知道吗？我一直在等这句话。和你在一起，我无时无刻不在担心哪一天会失去你——就像你的前妻一样，无助地失去你。这种没有安全感的日子让我迷失，我不再是我自己了，你感觉到了吗？亲爱的，当我躺在你的怀里时，我竟然已经不能正常地叫喊。也许你还是深深地爱着我的，甚至比任何时候都爱——可是亲爱的，这样的感情太沉重了，我已经负荷不起了。因为，我们都是有太多过去和伤痕的人。我和你本来都不是小气狭隘的人，可是我终于相信，在爱的世界里，没有伟人——至少我做不到心无芥蒂。我们的相遇和相爱，也许真是错误的，这就是上天给我的报应吧。我是不会告诉你我在哪里的，我是个内心坚强的女人，你忘记了吗？我会好好地在一个别人都找不到的地方安静地生活。像我这样贪心的女人，佛祖会让我一辈子孤单的。但是，我会想你的，会用一辈子的时间来想你的。吻你。泪别。

他下班回来，看到书桌上她留下的信，看到信笺上的斑斑泪痕，先是惊愕，再是痛楚，然后是发狂，最后是心急如焚。他担心——她只身一人，在这样黑的夜里，会去哪里呢？他找遍所有应该找的地方，一无所获。这一次，她是真的伤心失望了。他以为她只要和他在一起就够了，他以为她不在乎一个婚姻的形式。其实，他也想给她一个安定的家，他的戒指都看好了，他想把他们的家安在草原上啊。他懊恼自己为什么不向她许个承诺，让她安心。他忘记了就算她再超脱，归根结底，她也只是个需要安全感和承诺的女人。是的，她只是个小女人。她想要他的一生一世。

他这样检讨着，逐渐想通了，于是他反而更加自责了。助手一次又一次地把他从酒吧里驮回家，劝他、骂他，都无济于事。一天，助手说：郝哥，这儿有她的信呢。他从沙发上一跃而起，喷着酒气拆开信封——是一家旅行杂志寄来的稿费汇款单和杂志样本。他失望了，扔下杂志，倒在沙发里，喃喃地叫着她的名字。助手拿起杂志看起来，不经意地说，内蒙古真有这么美的地方吗？他条件反射地问：你说什么？内蒙古？助手说：是的，她在文章中说的。他抢过来瞪大眼睛仔细地看，他激动得抓住助手的肩膀说：是啊，我怎么没有想到呢，我怎么没有想到呢？她一定是在内蒙古啊，她说过那是她梦中的故乡啊！

（九）

第二天，他把公司交给助手，带上了一对款式简单的结婚钻戒直飞呼和浩特。下了飞机，他买了张地图，却找不到她文章里说的那个地方。他只好到处问人，但是城里人都对他摇头。终于，在一个集市上，一个皱纹满面的老汉说知道那个地方："那里啊，要坐一天火车，还要走很远才能到呢！"他说明来意，并请老汉当向导。老汉说："小伙子，我们草原人就喜欢重情义的汉子。"当下，老汉就和他一起出发了。

他紧紧地捏着她的照片，这都快一年了，她变成什么样了呢？他知道，无论她变成什么样，他这一次都不会再让她离开他的身边。其实，她也是他一生中带给他最多悸动、最多美好、最多痛苦的女人。她像是他身体和灵魂的一部分，他为她付出了常人无法想象的艰辛，可惜他因为太过于相信彼此的爱而忽略了她天生的敏感和脆弱。他应该明白，她从来都是个缺乏安全感的女子啊！

在老汉的带领下，他们来到一个人烟稀少的牧区。他无暇欣赏眼前令人叹为观止的草原美景，立即让老汉用当地话帮他到处打听照片上的女子。草原人用最热情的方式接待他们，也用最真诚的歉意送走他们。没有人见过照片上那个长着一双怯怯的大眼睛的汉族姑娘。老汉抽着大烟袋，用不太流利的汉语安慰着失望焦急的他。见他实在太累了，老汉帮他雇了一辆简陋的马车。赶马车的是个壮实黝黑的小男孩，正兴高采烈地哼着蒙古小调。他记起了她在文章中记录过这种质朴、粗犷的民歌，他想她一定还在这里的某一个他不知道的地方。他感觉到了她的气息。就快四十岁了，他第一次体会到想一个人会想到撕裂般的疼痛。一不留神，手中的照片就随着马车的颠簸被抛了出去，他大叫着停车。小男孩第一个冲了出去，拾起照片一看，就高兴地用方言叫起来。他疑惑地望着老汉。老汉抚着胡子告诉他，这小男孩说这是他们的漂亮老师。他激动地抓住小男孩的肩膀摇晃，说：“快带我去找她！快，告诉我她在哪儿?”小男孩低下头，哭了起来。他心头一紧，问:“你们老师怎么了?”小男孩抽噎着:“老师生病了，前几天在上课时流了好多好多血，然后就晕倒了。老校长把老师送到镇医院了。”

（十）

老汉接过小男孩的马鞭子，加快速度，拉着怔忪的他向小镇跑去。到了晚上，他们才找到那家并不起眼的医院。老汉问了一个护士，护士看了看照片，点点头，把他们领到一间简陋的病房。病房里面住着三个女患者，其中一个一看到他就拿起被子盖住头，颤抖起来。病床前一个胡子花白的男人戒备地望着他们。小男孩恭敬地叫了声“校长好”。老汉轻声对老校长说明了来意，他们就都出去了。他站在病床前感谢神灵——还好，她还活着。他知道她在哭，可他不知道应该说什么。此刻，他应该跪在她跟前，请她原谅。

他掀开被子，看到了那张日思夜想的脸——是那么消瘦、苍白、憔悴。他强压住哽咽，故作轻松地说，我来了，看你。

她的泪又流出来，说，你不应该来的。

他说，不，是我不好，我来迟了。

她说，是不是老校长告诉你，你才来的？

他说，不，我来这儿已经一个多星期了，我到处找你。

她说，你还是找到我了。

他说，是的，因为你说过草原是你梦中的故乡，我看到你写的文章，就找来了。

她说，是吗，你还记得。

他说，记得，一辈子都会记得，可是我来迟了。

她咬着没有血色的嘴唇，猛烈地抽噎，说，你知道吗，你来了，可是孩子没有了——那是我们的孩子。还有几天我就可以当妈妈了，可是，他竟然会没有了……

他把瘦弱得如同一片黄叶的她拥进怀里，再也忍不住，低声呜咽起来，这是她的一段什么样的日子啊——她有了他的孩子快十个月了，而他竟然一点儿也不知道！她独自一个人在物质贫乏的异乡怀着他们的孩子，然后意外失去了他们的孩子——天啊，她怎么可以不让他知道？但是他没有资格责怪她。他紧紧地抱着她，赎罪似的不停地说，是我不好是我不好，你打我吧，你骂我吧。

她大哭着说，他在我肚子里已经那么久那么久了啊，我听见他叫我妈妈了啊，那是我们的孩子啊……

他心如刀割，哄着她说，别哭别哭，孩子以后我们还会再有的，别哭别哭……

旁边的两位女患者都跟着抹眼泪。

老汉和老校长在门外的长凳上叹气。老校长对老汉说，兄弟啊，是我没有照顾好她啊，我对不住人家啊。

老汉说，这是天意啊。只要人在，就好。

老校长说，我不知道她有夫婿，她从来不说她家里的事。我就想吧，这孩子一定是受过许多苦才到这个地方来的，所以我家媳妇就对她特别好，小孩的衣服都准备好了，你说——这……唉！

老汉说，她身体底子这么差，这时候就不应该让她上课。

老校长说，我是不让她上课啊，可是她说没事啊，我们这个小学里，加上我一共才三个教师啊。

老汉说，甭自责了，咱们去弄点儿吃的来吧，那小伙子一天没吃过东西了。

他用头抵着她湿润的额头，惊觉她的额头十分烫。他问她是不是流产后体温一直这么高。她点头，虚弱地说打了几天针都不退烧。年轻时，他什么书都抓过来看——包括医学的书，凭着对医学知识的一些了解，他意识到她此刻的危险。他找到医生，问为什么这医院治不了还不向好的医院转移？医生说，你说的是产后发热，这和流产不一样，放心吧，会退烧的。他恼了，他不能让她再在这些庸医手里治病了，他不能再失去她——哪怕只是万一。当夜，他辞别老汉和老校长后，就高价租了辆汽车，把她送到呼和浩特。

（十一）

在呼和浩特最大的医院里，医生责怪他："为什么现在才送来？患者已经太虚弱了，产后发热处理不当有多么危险你知道吗？"第三天，她开始昏迷。医生抢救了许久，她才醒来。没有人能知道他有多么害怕——也许是失去孩子对她的打击实在太大了，她没有了求生的意志。他想起口袋里的戒指，急忙拿出来，深情地对她说："亲爱的，你看，这是我早就看中的。本来我想等我的事业上了轨道就交给助手，和你到草原来结婚，可是你却偷偷地跑了出来。我来找你之前买下了它们。"她听着他的话，开始微笑。他说："亲爱的，我现在正式向你求婚，嫁给我吧！"她还是微笑。他捉起她的手，把戒指套在她的手指上。

她凝视着手指上的一点晶莹，笑出了眼泪，说"真漂亮"。

他说："你要快点儿好起来，我带你一起到草原上骑马，看雄鹰，看羊群，然后我们再要一个孩子，给他起一个蒙古名字。"

她点头，轻轻地说："原本我以为我会拒绝你，可是我不想遗憾地离开这个世界。做你合法的妻子，是我一生中最大的心愿。我感觉很幸福。"

在助手的奔忙下，他们终于有了两本结婚证书。

就在拿到证书那天，她在他的怀里永远地合上了她那双灵秀的、曾经给他带来无数心跳瞬间的大眼睛。眼角滑下的两颗不舍的泪珠，如戒指上的钻石一样晶莹。她在永远昏睡前，微笑着对他说："你知道吗，在你的怀抱中死去，也是我的心愿之一……我，累了。孩子在等着我去抱抱呢。亲爱的，你一定要幸福。你千万不要愧疚。这是天意，我们曾经做错了许多事情，这是上天对我的惩罚……"

他没有哭。他不知道痛。他感觉着她的体温渐渐变冷。他看着她被推走。他跪在匆忙赶来的她白发苍苍的叔父面前久久不起。他捧着她的骨灰。他在她住过的小屋足不出户地住了一个月。他的耳边响着她的叮咛：你千万不要愧疚。你一定要幸福。

他把公司完全地交给了助手。在那所破旧的牧民小学，他拿起了她的教鞭。他不是在赎罪，而是在这里，他可以感受到她感受过的一切——包括爱不堪承受之重。他从中得到了某种解脱。他不知道他是否会在这种状态下一直蛰伏下去，他只知道这里是他离她最近的地方，他甚至还可以听见她温柔地对他说话的声音。

他在爱的失乐园里徘徊，他在梦想的追寻中神伤。他当然不能原谅自己，尽管她对他说"千万不要愧疚"。他做不到不愧疚。她在他的心里刻上了沉重的精神十字架。

草原的太阳落山了，残阳如血，映着他寥落的身影。

他像她生前一样，微笑着护送一个又一个快乐的孩子消失在草原的辽阔中……

【作者手记】

这个故事是男主人公的助手和他的女朋友一起为我提供的。摘录一段助手在日记里的话："我不知道郝哥这是升华还是堕落，但是我相信他和她之间真挚深刻的爱。作为局外人，我想不明白，为什么当他们为了相爱跟一切抗衡后，当他们都自由了可以好好地在一起创造幸福的时候，他们却开始了互相猜疑、互相伤害。《旧约》里说：'你们哪一个不是有罪的?'那么，但愿辽阔、宁静、美丽的草原真的可以安抚两个脆弱而执着的灵魂！我见证着这份爱的沉重和毁灭，这个过程让我懂得了两个字，那就是——珍惜!"

如果你在看这个故事时，觉得心里沉甸甸的，像是被什么感动了却又一时说不上来，那是因为它真实得几近残酷。这是唯一一篇让我带着泪水完成的罂粟系列短篇。

图书在版编目（CIP）数据

她们 / 蔼琳著. -- 北京：华龄出版社, 2023.8
ISBN 978-7-5169-2591-1

I. ①她… II. ①蔼… III. ①纪实文学－中国－当代
IV. ①I25

中国国家版本馆CIP数据核字（2023）第147183号

她们

作　　者　蔼琳
责任编辑　李梦娇
责任印制　李未圻
策划监制　小马 BOOK
内文制作　赵艳超

出版
发行　华龄出版社 HUALING PRESS
地址　北京市东城区安定门外大街甲 57 号
邮编　100011
发行　010-58122255
传真　010-84049572
承印　定州启航印刷有限公司
版次　2023 年 9 月第 1 版
印次　2023 年 9 月第 1 次印刷
规格　787mm × 1092mm
开本　1/32
印张　9.75
字数　154 千字
书号　ISBN 978-7-5169-2591-1
定价　58.00 元